詩趣

慕光羽錄

慕羽 著

推薦序／希望我們心中的小孩能哭、能笑、能唱詩／彭珮慈

記得大一的時候，剛認識王慕羽，他就會半夜丟他的詩過來問說：「這首如何？」我總瞇著眼盯著小螢幕，憑著感覺回應，當時只覺得他是個愛詩的人類，如此而已。跟他越來越熟後，總覺得還好他的生命中有詩。讓他打磨光滑的生存技能有個能夠噴發尖銳的出口，讓他對世間拗執的溫柔能夠輕輕地落下。

而世間，總需要個紀錄者。他可能是神，可能為人，或者只是恣意飄過的風。不作為，只是看著、聽著、感受著。

於是，這本書就像一卷紀錄。吃小菜的時候可以配、喝紅酒也行，他叨叨絮絮，有時把想說的寫得清晰，有時又稍稍帶過，念成了四分之一個世紀的重量。他總說，如果有小孩，他會怎麼做，但大概，這些詩文，也是餵給每一個人心中的那個小孩吧。

希望我們心中的小孩／
能哭、能笑、能唱詩。

彭珮慈

前奏類似於序

這是慕光羽錄的第四作，從 2012 年的《慕光羽錄》、2015 年《慕光羽錄・詩生活》、2018 年《慕光羽錄・詩泛》，至今的第四作《慕光羽錄・詩趣》。或許各位讀者已經從別的管道知道，或許這是你翻開的第一本慕光羽錄。總而言之，慕光羽錄會在這裡暫告段落，在這條創作路徑上，我已經達成我想要達成的文學目標。一定程度上而言，我也過了適合以這樣體裁寫作的人生階段，關於這部分，就從為什麼這本書以「詩趣」為題來開始吧！

《詩趣》是咀嚼很久才決定的副標。畢竟是最後一本，很多在心裡沉積的概念仍來不及集結成冊。為什麼選擇詩趣，可能是因為一路以來失去很多，包含這些珍貴的副標題，同時也是因為這些捨捨得得，成就了我這些年來的與詩為伍的樂趣。這本書具有七個獨立的篇幅，每個篇幅都環繞一個這幾年來的課題，例如在代表我生命中異數的抽菸少年。七個獨立篇幅中，有些詩文交雜，有些以詩為主體，有些以文為主體，跟前面幾作不同的是，這比較像七本冊子集結在一起，而不像前幾作是一個核心概念貫串全書。但是要說核心概念，其實也非沒有，『失去／詩趣』可以被理解為這些篇幅選集的理念，然後我一如既往的任性詮釋著我所想要詮釋的世界。

寫作本書時，我把持著三個寫作原則：不失去慕光羽錄的延續性與初衷；創造每部作品之間的差別性；用屬於慕羽的語言敘說故事。隨著年歲漸長，我也有越來越多的顧慮、面對枷鎖、迎向挑戰，以前總以為會變的只有未來，後來發現每一種未來的改變也正改變著過去。例如季琦在創始人手記裡說：「不曉得是他們變了還是我變了……生動的東西在消失。我之所以現在很少回去，就是怕這種種現實肆意破壞留存在我童年裡的那些美好的東西。」這也正是我對許多過去記憶說不出來的隱憂，於是我發現到了這個時節，我們為了妥協某些未來，失去了許多過去；也為了維繫某些過去，失去了許多未來。

除此之外，這本書原本在 2020 年七月已經完成了初稿，但是在設計全書完整的概念時，出現了種種的困難與挑戰，因此或許你會在全書中找到一些顏色略微不同的文字，那些文字本來應該以陽刻或陰刻的方式呈現，如果你閱讀到也發現了，就當作是我留給你的一種觸覺聯想也別有一番趣味。在起起伏伏半年之後，我又再度於 2021 年三月重啟本書，以七月的本為底稿做了一些修改，但並不改變本書的初衷，而詩趣仍然是系列的尾聲。

失去、詩趣，作為一個詩人墨客，容我暫停話語。這一次的筆觸，不好不壞，不高不低。

2020.07／2021.03　慕羽

慕／目．錄

有一首詩貫穿了我的生活，
偶爾成文，不時小說，
穿插著闡述著屬於詩人的故事。

我與詩與生活之間，
有一種不可明說的羈絆，
或許是某種倒影，
或許是某種規律，
或許是人生絮語。

詩篇

是夢

怎麼我輕敲鍵盤
螢幕浮現都是沉重重重的字體
像是久別重逢的眼鏡與笑容
回想起來是昨天又像明天

我在夢裡患上了氣喘
呼出從何而來的慈悲
吸入早已逝去的第一個吻的氣息
我害怕任何一個念頭閃過
我都會知道這就是夢
這就只是夢
而這個念頭閃過之後
這果然是夢

我輕輕掀開某一層平凡布料
意圖從中汲取溫暖
但即使是羽絨也包覆不住
如一顆櫻桃或一片傷痕背後的故事與想像
隨之而來的是不可承受的輕

所謂資訊，不明所以的竊取與分贓
我摘取了那樣的果實，正如我的先祖亞當
我窺知了的人類的原始，產生對未來的假象
在那個世界裡不斷膨脹
顫抖的空虛也無限擴張
我等待輪迴的時間滯延來訪
把生命與夢想放在桌上
任由它沒收懲罰
但在最後一刻我仍舊無意
與它對上了眼

而我們都不敢打破
這就是夢的對話

2016.01

我親愛的沙漏

其實你大可告訴我你不是誠實的沙漏
我從未介意過你的隱瞞
誠如你悠悠賦我時間與悠遊
在歷史的河流之上
我們乘著回憶編織而成的竹筏
甚至令我以為一天就是日出夕落
當風撥開雲霄及之外的種種
原來那就是小王子曾經駐足的星球
有一滴眼淚啊親愛的請別收集
你知道當你翻轉的時候
他會滋養盛開另外一枝多愁的藍玫瑰
我未曾告訴你那些月球上的
不是什麼隕石的痕跡
因為我恥於發現曾經那些思想的空洞

就像我也不打算坦承
我來自於蔚藍而即將毀滅的人類居所
唉，是的，那就是曾經蓬勃的地球。
忘記他吧！
只是我的同族們仍會一個又一個的破壞
當有一天他們仰望
看見的黑夜也充滿貪念欲望的光害
總有一天如今的這條河流也會乾涸吧，你說是嗎？
我親愛的沙漏
你陪伴我有久遠的時間
我們踏足的印記也許已有六十光年
希望在這河中下一個星星誕生之前
那些稱之為人類的物種可以滅絕

2016.02

給親愛的你

過去那些時光如今我偶爾還會想起
我偶爾想起的
不總是只有我與你
記得海岸旁若隱若現的浪花嗎
那是我們說過潮來潮去的奇蹟
你不知道的是
我將之摘下，風乾，然後釀成回憶
所以偶然我還會想起

我所謂你繫上的
銀色四葉幸運草的項鍊
你總輕聲嘲笑那不過是機率法則的遺傳變異
可是就算是機率法則與遺傳變異
也測不準你與我之間相遇的原理

風，吹過
將幸運草輕輕連我的回憶拂走

給親愛的你
有時候我想念你的沉默
彷彿這個世界都只是與你擦身而過
就像那次異國的雲朵
幻化成一隻麒麟載著夢一躍而走

我印象中有一幅以樹枝編織的欲求
交錯的有你也有我
之所以錯過
可能就是之間不需要也不能有承諾
就像光與影密不可分卻又無法相守
風，吹過
將樹枝吹散連同記憶中模糊的我

給親愛的你
打開釀造的鉅　細　靡遺卻不著痕跡的酒
我不確定那是陳年的香味或腐朽的咎由
為自己找個理由開啟
再重新封裝只為了另一個藉口
我們就這樣不斷重複時間致癌的惡夢
我或許該後悔曾經存在的想像成為事實
到處都是存在主義的影子
每個影子都質問人生的終究
而我不過只能乾嘔腹中的舊墨
所以興懷，所以絮咻
昨日的水東流
風又吹過
將你吹往浪的另一頭

給親愛的你

而我逆了風，西走行舟

2016.02

怎麼也不想讓這一天淪為平淡

就像在人與人交接的場合我還想與我保持生命一般

這一個沙漠我點燃了凌晨
因為任務的成敗是十萬億之
惡　輕輕以刺客的真重複驗證行善之假
是灼熱的倦怠使天真的純粹膨脹
青少年們一路喧囂錯認街來攘往

有這麼一說神經系統會受到影響
接吻的時候上顎是想像的滾燙
若有這麼一日遠赴
帶走　他鄉的絕不只是長期記憶的區塊發光
時鐘在滴答滴答水果熟成聲響

有一首詩名為晨醒不斷挑戰思想
意圖釋放的主張被突如其來探訪
鬼魂飄忽的電話只是善用時間來遺忘
走一條只有一個人的路途持續哲學對話
散步的是昨天還是沒有明天的今天這樣

午後創作自南至北回憶染霞
沒有人探究黑暗染上月光也能成華
揮霍的光陰成為揮霍的工作形象
我不想再談曾經壯志如今又告老還鄉
做自己的方式還是偶爾要顧及他人想法

就像在與自己獨處的書房
卻　還想與你保持聯絡一樣

2016.02、2021.03

不是啊，沒辦法，就這樣

「不是啊」是我的口頭禪，前兩天跟二助理吃飯的時候才發現這幾年終究還是沒有戒掉這個用詞。記得好些日子以前寫過一篇有關語言、行為、思考結構的三向性，我想口頭禪正好是一種在這三向裡面一種常見的顯性連結。雖然不太清楚誰是因果，但總是相互影響，就像「不是啊」這句話，每次這麼講，就是在質疑或批判什麼事情，其實有時候我的立場不是相反的，但總是習慣在對話中提出很多對立意見來思考，就像前兩天又跟二助理就服務性社團的議題開始論辯，就充滿了我很多「不是啊」的批判跟意見。

「沒辦法」是他的口頭禪，這口頭禪其實還挺消極厭世的，就像那天走去中山地下書街，綿延將近一公里的書街，獨立出版社也就大約寬兩公尺的書櫃，這個地下書街的感覺反而單一，一間展開的誠品書店；簡單來說，這是個雞蛋和牆的問題吧。然後每次他說「沒辦法啊」，我就會回答很多個「不是啊」，接著就是這兩句話來回交錯，一路從晚飯的服務學習到地下書街的壟斷輪迴到地下街的空調跟路線，再輪迴到機場捷運站的設計跟定位，甚至到火車路線圖的命名邏輯與順序。

「就這樣」是我們的結語跟新的口頭禪，我的憤世嫉俗跟他的消極樂觀就這樣一路碰撞到言語的最後。聊到文言文的時候，就這樣吧，刪光光也沒關係啦；聊到書店的時候，就這樣吧，台灣就剩誠品也沒關係啦；聊到教育的時候，就這樣吧，反正台灣教育也沒有希望了。然後呢，我們的話題就這樣了。許久以後我漸漸改掉了「不是啊」這樣的口頭禪，但那似乎並未改變我偏好批判與站在對立面闡述事情的習慣。最近助理派迪說，他想要成為Devil's Advocate，也就是站在任何事物對立面觀點的人，這個思維讓我有點好奇卻又迷惘。想像一下我們的生活究竟是需要更多的對立面意見，還是同溫層保護？我更傾向前者，但是當我們充滿了互相駁斥的立場時，我們所擁有的到底是辯證的討論，還是憤怒的宣洩，我認為這不是我說「沒辦法」或「就這樣」可以息事寧人的事。至少這一次，我們需要一個更宏觀的「我們」，才能讓社會變得更加豐足與團結，而不是支離破碎。

2017.08 初稿
2020.07 修改

慕光之風／五首

之一／酒神之舞

我會說這是一種溫柔的節奏
沐浴陽光灌溉的重重藤蔓
禪意肆虐潮紅的臉頰
功德幾乎圓滿
看那自由踴躂的潘與他的子嗣們啊
轉騰著舉杯我們共同的自然升騰喧嘩
腰間後轉右手揚起
以服務的姿態輕摘你的羞怯
重心向下是旋轉微醺的訣竅
前後左右的持續震盪
非意識的草皮隨之躍起
差點落入黑帝斯的管轄
那可不是厚重或肥胖

我會說那是一種溫柔的搖晃

之二／冥界之門

深不可及的是
門外潔白的希望或夢想
那是東方文學口中的地方有光
如酒神的舞步狂歡
都拒絕加入的闃黑殿堂
祭祀等待的永遠對象
都是想要得知的
都是無需也無法
是個沒有語言的地方
能夠走進的都是影像
卻有人說那兒散發出光
我望著冥界的門啊
祂回以我任我也難以猜測的狡黠

有一陣風吹過的時候也偶爾關上

之三／赤焰之羽

真理創生的十三億年前
我曾信手篆刻圖騰
先是破碎的盔甲包裝黑晶蛇尾的龜
畫蛇添足之後卻是越顯神威
轉瞬的土地磅礡搖動
是寂靜的虎拒絕日光
而只剩零碎的紅色漸層未能圖畫
我隨手燃棄碎屑與殘渣
死亡卻像嬰兒初啼劈啪作響
原來最後的聲音是生命的書法
朱墨火焰滾滾燒出本身即太陽
忽然之間奪去其他三者的烜耀罷
可是世人只見重生的希望啊希望

我卻逕自目擊浴火的絕望啊絕望

之四／熒惑之悔

當熒惑某日緩緩升上星空
分辨不出的總是距離你我
心中的月色飄落聚影成狐
蒙太奇的畫格單獨無法說
不是見過宇宙的不甘寂寞
不是夢過自由的從不解脫
不是動過真愛的不知情重
冷面只是愛恨都獨自承受
形單影隻只是原來非獨奏
其實一樣的嬋娟不再朦朧
只是昔日星宿落地脩禊事
寄情寄語寄風水覬覦祭酒
冬天寧靜的黃昏晚風依舊

宴後的杯酌是明日或如昨

之五／櫻絮之叨

實際是衝突妝點違和探討如何淘汰
但時序未來，而櫻花未開
醞釀的溫酒持續深沉只因故事未完
燒灼的是灰色的疲憊吞入難嚥
皮膚旋乾燥至爆裂身如千本吹雪含苞欲放
僅是勉強之中被不知所云的異國語言所困惑
或許其實知道，只是並非明瞭
我遇見一個雙重的人格，在櫻花樹下絮絮叨叨

不安，於是

是因為某些作為
罪惡感本身卻無法自證為罪
用戲雪的舞台紛飛的掩飾
象徵希望的火燃燒自古希臘以來伊甸園的蛇

不存在必要去指責
若是遊戲星星的人就不芥蒂紅塵
逗弄大環境的斗轉與星辰
左轉墮落之後右轉沉淪

吞食的是無味的生命調料
像是南方印度的熱帶迸發
或是濃霧英倫的激情幻想

雖然存在夜宵但禁止飽食與奇航
未有不安，於是復行如下

2017.03

綽綽不有餘

露水自窗外凝結
些許的涼意可以滲透心扉
肉體的恆溫興許可以抵抗寒風
但靈魂的脆弱只是綽綽不有餘的訣別時光

有時我們織成同一片屋樑
他有他的故事有對她的想像
你有綽綽閒暇卻不足以人來人往
即使我已不剩下不可觸的逆鱗傷疤

來自彼岸的陌生人群啊
甚至未有其名字與長相
何時你詢問的是花開的歲月
而非昔時成長不折的堅強

意圖展翅高飛的雪中豔陽
簇擁黑色山嶺的赤紅晚霞
還有綽綽的時間在共同的船艙
卻注定不有餘的是將至的航向

只我輕輕鬆手，讓東遊的櫻花落入港

2017.03

簡單，沒意見

之一：廣寒宮內探問是非

故事以半身皮囊竊竊自喜的狂妄穿著開始
有一個跨越洲次的混沌展示
路旁販賣白色花蕊的婆婆們以不知名的語言閒聊
聽起來像是折斷哪支樹枝哪個生命就會結算
可以隨時退房，卻永遠無法嘗試離開

之二：初旭殿前窺視方圓

空間可高可低，情緒不能
束縛的轉接頭是二轉一的棉質溫存
在單口的前方之前仍有另一個洞穴
是唯一無可言喻的某種這些那些
如果試圖讓他簡單點
就是神之間玩笑許下的罪惡天賦

兩個兩極之間奔跑的孩子相互遊戲
爾後殘留延宕三十年不止山灰無盡
時間可長可短，故事亦然

之三：東君乘下遑論難易

歷史像是一輛老練的牛拉車
緩緩的前行，目送的不是成熟子女的先進背影
是寧靜與沉默構築的忽略陰影
一次隨便就有兩次沒意見
不可以或可以一樣都難以察覺
內心的沉澱，遺失了無言永遠不是我要的明天
少年卻只一葉孤舟成就寂寞

之四：西溟港邊好說異同

只一陣風起雲湧我向西行東遊
異鄉絮語同景無謂千言相似人格成絕句

2017.04

別說，沒什麼

逾越長鏡頭前景的最後一個起飛前夕
踩踏訣別的非議與不遜
難以測量卻無法忽略不計
芸芸眾生默認的測不準原理

洗塵船舶駛過一池月暈
可見罪惡感浮起天使斷羽落地
白濁的回憶只有至善的德行洗得清

殘留佛前五百年所求借花
再無垂死夜中玩弄生命的虛妄
還有撫過未來跳動那蓬勃的假象

只一紙承諾入水而散
誰也未能頓悟禪意或領略神蹟
是陷落成獄，抑是常入涅槃

2017.04

等愛

礦石的誕生埋藏在記憶的圖書館
隨手挑選的一冊是意念的再交歡
雙眸失神
向珍稀語言的遺珠溫存
我揮舞灰塵
再翻開摺痕
歲月開始泛黃的過程
偶然咖啡漬沖泡你來過的餘溫

又一吞吐沙礫百轉千折
敲碎了鞋跟
也彌平了凹痕
未完成的只是我輾轉反側
等不到你

卻還是想起了你
從未獨自的一顆璇璣
永遠等著開始練習

2017.09

詩意孤絕

氾濫　黯淡　背叛　非關凌亂
張弛著　讓銅弦各自喟嘆
離別無須當真　不用吶喊
被依序　剝離的故事呢喃

不是故意　卻故意
心理距離是沒聲音的安魂曲
昨日旋律　明天起
已經聽見華麗的夢境嗓音共鳴

餘生的旋律　戲弄著餘生
我親吻有過的親吻

還好平行世界　或許快樂
或許脆弱情緒合成
那就提筆放下　換個人生

2018.03

詩・心瘋

倒敘

我拎著一柄雞毛撢子四處灑掃
像是揮舞著昨日的大旗
卻栽不出任何一株過往的旋律
繁華夜景過客微醺
這一刻空氣也只發出再見後再說對不起

我撕開了空間裡的一片裂痕
在明天被寂寞謀殺之前
趕上最後一場盛世的豪賭
只為了能回到一首送給自己的詩裡
在菸還點著時能睡得安穩

求救訊號仍在反覆掙扎著擺脫離恨

我們之間輕輕搭築而起
卻又不堪生存之道打擾
好像算了
張開雙手就能擁抱，一次就好

殘局之後

盤上的殘局像被不服輸的孩子翻過
凌亂的看不出紅黑之間的勝敗
一位白髮藍眼睛的老者看著
看著看著一個世紀又穿過
　　沙漏
　原來
細碎的摩擦就是時間腳步的聲響
有的時候是一陣來自後世的透明問候
那些從未上膛而泛黃的槍
那時韻腳不在就不說的謊

都是我未能翻閱也無法回憶的篇章

過去五百年來不斷和局的戰場
非關勝負也無謂滿盤兵卒死傷
世道的悲歌只是因果尋常
枯索的輪迴不問棺木濫觴
風捎來的消息寥寥
失望是希望孿生的放肆張楊
可我們重複的纍纍
只能怪給奈何橋上孟婆的湯

其實盧梭

我們又見面了
歸根究柢
我們能見面還是得歸功於那些迫害我們的人
咬牙切齒的恨不足以致死

而下一代的感情仍會永世傳承
於是你因此與身外脫了干係
原來早在劫難之初
一切就已經撰寫為懺悔的附錄

仔細回顧
人類的理性是無法解釋天意的惡跡
世人謂之殘忍與痛苦
你認為那是一片安慰的敘說
就像那些小寫的失去原貌的折騰
再也無從轉變那些致力抹殺我的手

來到世上的時候我們學著如何賽馬
直到一個老人說點什麼
需要的卻只是如何走出賽馬場
於是你說不該在這樣的世界裡尋找真諦

但仍擺脫不了曲折的哄人論據
整整一代人的強烈敏銳的恨
如此，我竟在痛苦的深淵盡頭學會安寧

其實盧梭
這樣一個可憐而不幸的凡夫俗子
無所希冀又無所畏懼
居然像上帝一樣，超然於世

紅塵俗事

醒來，自一處紅塵之外的村落
這兒傳來嬰孩哭啼
那兒空山鳴澗，周圍落霞滿天
這一張病榻是生活的起點
正如所有居住在此的人們

耳邊響起一串莫名而不熟悉的語言
彷彿是一種沒有辦法分類的仁慈
就像大夫允許我日出時開始栽植
卻從未提起作物何時熟成或如何收穫

我翻開行囊倒數剩餘的時間
痊癒的哀傷漸漸蔓延
正是這類世間情緒使我康復

我不曾來過這裡
一處紅塵之外的村落
這兒耕耘的是聰明
而收成的盡是癡聾

2018.07 電腦被病毒綁架之後重作

過去的情歌（歌詞版）

攤開了一卷牛皮　來自一九九五
那時候的人們　總是穿過麥田走路
很久很久以後　我們看著數位螢幕
有再多再多的表情　卻怎麼也看不清楚

我多想寫一首情歌　再寄給當時的我們
沒有翅膀　卻想著飛翔　而不像現在沒有遠方
我多想寫一首情歌　能留給明天繼續唱
原來永遠　是比無限　還要再多一點的方向

放在桌上的舊毛筆　寫不出你的過往
那時候的書信　仔細寫著一撇一捺
很久很久以後　柏油蓋上了泥巴
等雨停了以後　也沒有泥鰍與池塘

樹葉飄散　回憶成為檔案
哭臉笑靨　表情不帶情感

我多想寫一首情歌　再寄給以後的我們
年歲漸長　還白髮蒼蒼　日子翻身就可能落下
我多想寫一首情歌　能留給現在想說的話
人來人往　只是平常　我平常唱著詩酒趁年華

2018.07、2021.02

心的不自由

原來當我們說出原來
世界早已變了一個樣
那天傍晚風涼
微微吹來，不快，也不慢
捎來大自然的
　順階旋律
是白鍵體諒黑鍵的小動作
是你從未親口說出的問候
等你醒來的時候
我打開了一冊十年之前的小說
故事裡的主人翁
　不是你，也不是我
但就像我們二十年以後
穿越時空後帶來的傑作

你看那頁首寫下聳聽的人們總說
記得那年為了家鄉的土壤
抹去的異國的足跡
遠方落日紅磚與牛羊
　長此以往
我也沒有更多的期望
只能說，我曾經也是那樣
　原來
你的夢也不曾真正做完

2018.07

其實相愛浪費寂寞

撒了一個無謂的謊
其實說與不說都是一樣
還能多假裝
你沒問過，就從不回答

給一個吻還免於受傷
毫不在意是你的全部張揚
相愛後浪費寂寞
要想念的，都早已遺忘

我們不再經過了
那些埋藏秘密的都市小巷
只是怪我無用地
總驕傲到不能討好

一場淋濕、透明、天真、純粹的好
以後瘋狂、悸動、浪漫、雜念的躁
填滿了太多卻又剩下太少
誰試著不為誰再細細計較
走過一遭
一次高尚、紳士、風光、大方的找
以後懸疑、難忘、自然、熟悉的老
能要的太低卻總想的太高
又向著矛盾又再苦苦乞討
這無解的藥

2018.09

簡單犯罪

我用了一次年少的時間
交易了一個老去的今天
有朝一日我會剩下白森森的一具骷髏
仍然觀望著每一個紅綠燈前的牽手
啊牽手，不分男女老幼

故事起源都來自於古老預言
享譽世界的魔術把戲
其實只是陳舊古董的橡膠座椅
我遵循著天聽行使天選的權利
無論那是挽救的儀器或殺人的工具
我摘了一片兒時的落葉
種下了一株世代的謊言
那時候的人們拄著拐杖搖搖晃晃

慈眉善目地執行毫不公平的槍決
誰又不配擁有明天

預言將來都將成就故事幾篇
冷暖快慢的生命季節
原來只剩濃縮塊狀的玻璃鏡面
我聆聽著逐漸
擁抱成癮的性別
偏偏那樣快樂又無害卻仍舊是罪

2018.11

無處可逃

按捺是非對錯在那荒野相逢
偌大的康莊　犀牛的圍牆
拋開遙遠想像夢呀夢出驚慌
失重的胸膛　疼痛的枯腸
有些天使惡魔輪流輕拍肩膀
火吻的皮囊　四處的異鄉
反覆折磨康復撕裂又再受傷
本能的反抗
本能的願望
不遇見不逃脫不得救不能回望

　骨牌崩塌
杜絕幸福與自由在奢侈的迷路之前鬆綁
路太窄夢太寬淚太重太過徬徨
　各自埋葬
揮舞大旗與笑容在枯萎的天真之後裱框

一扇窗搭配一道目光
一棟樓濃縮一起爆炸
親愛的請別蒐集那一滴墜落的迷惘

一半未至還有一半可期
一半是晴未必一半有雨
那些一塊一塊尚未起飛的不明物體
小半是我，然而

2019.03、2021.03

酌

獨酌寫壞一首詩

在三千杯葡萄酒與威士忌之間
也混不出一首當初
多年以後你們學會忘記
卻學不會停止想念

那時舌尖苦澀
身著不合時宜的紫色大衣
喉頭發癢
是幾世紀再也尋不著的太宰症
放一顆冰磚
卻煮出半壺肩頸痠痛
芒刺在背

我再也沒看見東風無語撥鐘的臘月
昨日剩下的杯也不再有你的笑容
只有我
還有我
無以明說

偏偏不問是我
偏偏我又回頭
偏偏十年之後
再也沒有這般做不了的夢
抱琴獨奏
始終紅著鼻頭
在滑稽中譜出半句
也許再飲一杯酒
我便能寫出兩個人的寂寞

2020.02 紀念 2008 年作品

寂寞的時候

他寂寞的時候聽著她的歌，他寂寞的時候唱著的歌
誰聆聽了你的寂寞時候，寂寞的時候你想做些什麼

世界是大雪紛飛裡兩隻不明就裡的螞蟻
在你我都看不見的白色布景裡演戲
偶一為之的風神輕輕的一縷
我便可以聽見龐大恐慌裡的渺小身軀

吐一口血，冷的把夢想嘔成巨冰
再由某個不經意的一臉無辜踩過的鞋底
驗證生命的殼究竟有多堅硬

2020.02

有一少年，總是叼著菸。
偶爾會問，還是不抽嗎？
問到第四根菸，就隨意了。

少年與我之間，
像是存在一個觀看人間聚散的神，
也像是一幅畫，
是人生的故事紛飛，
也是相逢自是有緣。

抽菸的那位少年

還是不抽嗎？

「還是不抽嗎？」抽菸的少年是我過去鬼混的那群人裡少數還有往來的人。因為陰差陽錯在幾年前又有了交集，直到現在。上禮拜，我也坐在他家的麵包坊裡，這禮拜也是臨時叫他拿了鑰匙，趁機跑進來。他家開著麵包坊，但他都在外面打零工，他弟倒是挺優秀的念上國立大學。

「一個禮拜連續見到你兩次，還在這時間，說吧」「我覺得如果你去念書，應該會很有成就吧，你用論證的形式比我見到的很多學者專家都還要好。」這禮拜抽空去看了一個朋友的歌唱比賽，他很有音樂才華，玩世不恭，雖然在表演的時候獲得了觀眾的滿堂采跟狂熱的氣氛，卻被評審跟那些前輩們說他的音樂態度不佳，請他尊重音樂。

「你是要說，那是歷程，不是答案之類的吧」「看吧，我就說你讀書會有成就的，這樣都聽得懂。」那天比賽結束之後，我跟主持人閒聊，他問我的意見，我跟他說不太苟同那些評審的說話方式跟內容，主持人以為我是要說我那朋友態度沒問題，但其實我是要說音樂是一個實驗性跟藝術性很強的領域，評審那種我是為了你好的標準風範，才是使我覺得鬱悶的地方。

「又失敗了」「蘋果塔怎麼這麼難？弄個磅蛋糕來試試好了。」他說我這兩次見面聊下來，發現跟五年前認識的我差了許多，以前裝在身上的那些武器收斂了許多，可能也是因為這樣，變成了自己的防備很重，雖然不攻擊，但卻充滿戒心跟距離。

「但對別人來說，你還是充滿刺的人」「是啊，沒有比對，都還是個異類。」當時，跟這群年齡相仿的偏差份子們一起鬼混時我是，現在回到學校與教育圈我還是。感嘆幾秒，為了轉換話題，我跟他說最近要出一本新書了，下次來帶給他一本。「免了，我看不了你的東西，太深」我們拿相似的材料做了戚風、海綿跟磅蛋糕，試過之後覺得後者最好吃，就拿了兩個長相最完整的裝了起來。

「確定不抽喔？」抽菸的少年又點起了一根香菸，他說他看的出來我同時在為好幾件事煩惱，如果不打算說，那不如還是抽根菸吧。

2017.12

大麻少年的快活貧窮

在反覆修改書稿的過程中，突然想起了一個朋友，一個我們都稱他為大麻少年的人，這個綽號也許跟大麻沒有什麼關係，一年前曾寫過「抽菸少年」的讀者可以聯想一下，我們三個都曾經是同一個團體，但八年來最終只剩下我跟抽菸少年還偶有聯絡。

大麻少年是個很有個性的人，幾天前聽以前的朋友說他被關了，這才興起了去看看他的念頭。畢竟我也是個才繳完罰金的人，可能是這樣對他這種真的被關進去的格外有感觸。我約了抽菸少年與我同行，因為我也不知道該找誰去，剛看到他的時候，總覺得這八年來他都沒有變，倒是他很快地就說：慕羽變了，你（抽菸少年）就沒什麼變。

我們閒聊了失聯了這些年他的生活，他說滿窮的，但是很快活。什麼是很窮又很快活？「反正有一餐沒一餐，日子照過。我每天走在街上，看那些人走來走去，幾步路就要講電話看手機，就覺得我比較快活啊！」他泰然自若地說。

想起與家裡長輩閒聊，爺爺那一輩的任何一本古書、泛黃的照片、破舊的大衣，都是故事。「可是我們五十年後，只能跟孫子孫女說，這是我們五十年前打卡的地方、在網美咖啡廳的照片，或許還有吵架的對話紀錄，可是就沒有那些故事了。」「故事啊，我們還有吧」抽菸少年這麼說。「至少很真實的活過。」大麻少年接著說。

「欸，我那時候到底是什麼樣子啊？」在回程的車上，我問了抽菸少年這個問題。一路上他都沒有回答到這個問題。在他家麵包店的巷口，他拿了一根菸對著我說：「要抽嗎？」我說不了。科技資訊的進步，我們也隨之前進了嗎？社群媒體發達之後，人們在工作、生活、家庭、朋友之間都被訊息綁住了。我們是不是自由的呢？能不能選擇『不』參與社群世代呢？能不能不用讀取訊息的速度或已讀不回的頻率來衡量人與人之間的信任與感情呢？

我跟抽菸少年坐在他家巷口許久，他抽菸我沉默。看著路上來來往往的人群潮流，耳機、手機、平板，我突然想起與大麻少年跟抽菸少年鬼混的某天，那時候大麻少年依稀說過：我才不要什麼不愁吃穿，只要活得快活。抽菸少年說：這種事，十年之後再說。然後他們兩個同時遞了菸給我，問我說：欸，要抽嗎？

2019.03

慕羽的武俠世界：抽菸少年特別篇／助理木魚與抽菸少年訪談錄

這篇文章是我趁慕羽在荷蘭到捷克的飛機上偷偷發布的文章，邀請到抽菸少年，也就是去看大麻少年跟他一起去的那個。

「嗨，抽菸少年，你好啊！」

「恩，你好。」

「我是慕羽的助理，助理木魚。」

「我知道。」

對話開場白長這樣，我來做這種秘密訪問，是絕對沒有報備過的。抽菸少年大概又重新介紹了一下他們的認識過程，然後講到上次大麻少年的故事：「以前遞菸給他，他都會收，但是從來不點。他說這是他對待友誼的原則跟態度。年輕的時候我們也沒搞懂，大概就是覺得那種聰明人有些奇怪的怪癖吧！」

「那，你覺得是甚麼改變了呢？」

「改變啊，其實也不是，我只是偶爾覺得他是用另一個身分在跟我們相處。但是，他變得更像個人了吧。」

「蛤？他以前不像人嗎？」

「以前的他，有一個自己的世界。像武俠、江湖那種。現在他活在現實，也要成為這個社會裡每一個人的樣子。」

「我還以為，慕羽已經很不跟這個社會同步了。」

「如果你現在這樣想，以前他就是另一個世界的人吧。」

「那，那個武俠世界是什麼？」

「他那時候說過，他的世界觀可能是江湖。我們也沒人聽懂他在說甚麼過，不過就是他那種江湖的態度吧！我總把他當作另一個時代穿越過來的人。他既不像我們這種不務正業的人，也不是那些讀書考試的普通人，偏偏他又在這些圈子裡都混得很好，但又不願意成為任何一個圈子裡的人，這就是他。」

「我不懂我不懂，這樣跟那個武俠世界有什麼關係？」

「喔，因為他不成為任何一個圈子裡的人，對他而言，我們都是他那個世界裡的某種角色。就像抽菸少年、助理木魚這種感覺，在他的世界，我們都成為某個新的人了。」

以前，我以為慕羽只是因為好玩才取綽號，或著是為了把名字弄掉才取綽號。原來他取好綽號的時候，我們已經在他的武俠世界裡誕生了。抽菸少年用下面這番話收場：「我們說他變了，只是說他變了這件事，沒有其他的意思。現在他可能更像個人了，但他的那個武俠世界還在，我想也一直都在，只是他不再提了這樣。」聽完抽菸少年的話，我就一直想，到底那個武俠世界是什麼樣的，裡面都是甚麼人跟風景呢，真是有趣。

2019.04

觀看人間聚散的神／慕羽、助理木魚、抽菸少年

人間聚散都是不可抗力的事故，雖然這麼說，但我們又何嘗不想掌握聚散離分，不去感受每一個懷疑眼神。於是很多我們本來不會遇到的，在自己的多於干預裡面，促成一個又一個倒果為因的陰錯陽差、人間失格。

有一個神，從此負責觀看人世間的聚散離分。

祂沒有什麼特別厲害的地方，不會發射閃電或什麼神力，沒辦法掌控時間或全知全能，更不曾展現什麼神蹟啊變出星火燎原。祂總是那樣事不關己的觀看著人們的聚散離分，每一齣劇每個場景，每一次喜悅的笑容與悲傷哭泣，一直看著，一直看著。

有一天少年遇上了這個神，他很好奇看聚散離分這個事情也需要一個神嗎？而且還不是能控制人與人相聚或分離，只是一直在旁邊看，也太奇怪了吧？

神以一種不拘小節的口吻，敘說著祂如何理解人世間的一切，這時候的祂就像是一個初生的孩子，碩大的瞳孔裝載著對這個世界萬物的一片好奇與滿腔熱忱。說起每一個人遇到另外一個人雖然都是相遇但故事不同；每一個人離開另外一個人雖然都是分離卻有著不同的情懷。「因為標籤相仿，好像每個人都在經歷共同的過程，不過即使你們生命裡遇上了同一個人，又有哪一個相遇的意義是一樣的呢？」

西門町的街頭，少年因為錯過一場電影，在門口遇到了十五年前在學校一起讀書的同學，在遇到了神之後，少年總覺得這樣的相遇似乎應該是有意義的。不過也不知道這樣的意義從何而來，同一個時間，同學正好從歐洲留學回來，與她那個在歐洲兩年多的男朋友因為克服不了遠距離戀情而分手。正如許多偶像劇的劇情，陰錯陽差的，他們一不小心就在一起了。

數年後，少年牽著已經是老婆的同學與孩子再次遇上了這個神，這一次他看到的是一位白髮斑斑的和藹老者，少年驚訝的看著祂。而這名觀看人間聚散的神，面露和煦的笑容，祂緩緩的說：「這不就是，為什麼世界需要一個觀看人間聚散的神嗎？」那一天，少年與同學相遇之後，路上，好像約莫看見了這樣的和煦笑容。

2019.10

抽菸少年是一幅畫

已經不記得是第幾篇抽菸少年了。最近讀書，覺得每個人都是一個藝術家，每個人的生活都是他的藝術作品。這麼想著想著，我就又想起了抽菸少年這個朋友。這麼說來，從我創業開始，就幾乎沒什麼再跟他聯絡，也許是自己忙了起來，也許我們生活的背景音樂真的太不呼應。「也許只是時間不對，緣分使然。」他這麼說，這是我這一年來第一次又坐在他家巷口的階梯上，拎著兩瓶啤酒，在還未春分的時節已經熱的大汗淋漓，就像最豔麗的笑容裡總有著深不可測的寒意。

我跟他聊了聊公司的近況，聊了聊我家的小姪女，聊了聊那些更久遠以前就已經失聯的曾經的朋友們，聊了聊總統大選，聊了聊新冠肺炎。聊著聊著，他說：「這條創業路，你也走一年多了，打算繼續走嗎？」我喝了口啤酒，望著大概不知道幾公尺遠的一棵樹，嚷嚷說：「忽熱忽冷，忽旱忽雨，樹還長嗎？」轉頭看著他，他吸了一口不大不小的菸。我忽然覺得他像幅畫，應該是畫作裡走出來的人，在火爐旁太陽下辛勤工作的麥膚色、忙進忙出時穿著介於短袖與七分袖之間奇怪長度的日式棉衫、充滿各種塗抹擦拭痕跡的七分工作褲、已經從白色穿成深灰色的運動球鞋。但是整幅畫最精彩的還是那一明一滅的卡斯特五號香菸，以及香菸散發出來不同於任何其他牌子香菸的特殊味道，一明一滅、一明一滅，我像是個不知道該捕捉哪個畫面的畫師，推敲著該捕捉剛點燃的那瞬間、用力吸一大口火光最熾烈的頂點，又或是微微暗去混繞著煙的時機點。

「那就看你，是不是一棵樹了」他的一句話破壞了我正在推敲的創作感，把我拉回了現實。

2020.02

習慣

我走回空無一人的山巒
以左手拇指輕輕轉動無名指上不存在的環
內側磨損的是銘刻了我等光陰的預覽
腳下踩著出發時的足跡
我沒說不堪

反覆懊悔的初次不堪
內在感性攀升登峰仍痛得愉快
外表冷卻包覆顫動的不安
持續偷偷嘗試叛逆
隱密處揚帆

曾經胡亂塗鴉的小學座位
原來本我與超我毋自都犯了戒

所有意識的選擇下賤的下墜
最後無處安放是持續
向下空間

我走回空無一人的山巒
以左手拇指輕輕轉動無名指上不存在的環
外側包裹的是鍍膜了爾等批判的凌亂
肩上扛著歸來時的旗錦
誰血跡斑斑

2017.09

紛飛

巧合的是
大雪中熊熊火焰
夏日裡颯爽爭艷
一窩死透了的蟻
散發酸蝕過後生命的餘味

在開始之前
我們轉而從還有變為只剩
像是一直有塊不致命又梗懷的軟骨
硬生從頸椎卡著不動
身體傾斜
　喀　啦
碎成　一半

是化學物質吧
鑽進皮膚深處再學習嚙咬
隨著血液流動成紛飛的折騰
反覆不斷
反覆反覆不斷

水至清則無魚
我們自我埋葬
先腐朽
然後散去
先匯聚
然後散去
先紛飛
然後散去

2019.11

抽菸少年．新篇章

「你的書呢？」他一邊叼著菸一邊問我。『不出了，這兩年創業把錢都賠光了。』我說。

「這樣啊！」

總是在某個日常夜晚突如其來的奇襲抽菸少年，從第一次把他撰寫成文，又過了四年。於是我們默默地認識彼此已經長達十二年的時間，再過半年，我們就是認識半輩子的朋友，而且是這半輩子都持續在聯絡的那種。不過自從我讀大學以後，似乎都是只有我聯絡他。

「對，而且全部都是半夜。」抽菸少年說。『那你為什麼不主動聯絡我呢？』我問。「我沒有讀大學，所以不知道你什麼時候有空。」『喔。』

他說得好像很有道理，卻又好像沒有。等他抽完菸，我們就開始準備今天的餅乾，兩次失敗之後，我自己都看不下去了，但他永遠都那麼若無其事。似乎從我們初次見面，他就是這種不動如山的強大氣場，似乎真的沒甚麼值得使他驚訝的事。

「有什麼好驚訝的？這麼多分心的事，做不好也正常。」『我哪有分心，做點心的時候我都是很認真的。』我辯駁。「你覺得很認真，但你知道其實是不認真的。」他說。

這幾年過得很快，快到許多事情來不及存在太久，就又發生了下一件事情。然後每每夜闌人靜卻苦無睡意的時候，就會突然想起這個即將認識半輩子的抽菸少年，總是在奇怪的時間找他，總是能在奇怪的時間找到他。於是我又做了一份餅乾，這一次真的是心無旁騖的。

夸父

是從什麼時候開始追逐太陽呢？
夸父也想不起來了
一年，十年，百年
但我記得清楚
我計算他喝了多少公升的黃河與渭水
終於有一次我不忍夸父的愚拙
用盡全身的力氣一振
只抖出一片倒影
讓他永遠記得自己為什麼追逐

2021.01

這世界又有哪個角落不曾寂寞？
哪一個詩人不曾渴望吟遊？
我笑著向每一個過客都捎去一份問候。

旅途與我之間，
通常是上演一段極其平凡的意外，
永遠想不通透，
卻總理所當然，
像極了愛情，卻偏偏不是。

歐洲是順階和弦

平凡與髒污、突然與美

睽違三年，我又回到倫敦，一個充滿過去與未來的城市。不過，先讓我暫時把倫敦放在一旁，我想先以在飛機上看日本電影的巧合來作為歐洲系列的開場，挺有趣的，用日本電影來開場歐洲。正如同每一個談到正題之前的故事，都有一些圍繞在她周遭的花邊新聞。

日本導演的電影一直不是我常看的主要範疇。但看過黑澤明的戲，被他的個人風格深深震撼，那種感覺是令人意外與驚訝的視覺氛圍，就像你未曾見過九點以後的日落，你不知道那時的天空是什麼樣子的。後來我知道，那是一種等雲到的堅持，雲是不可以操控的，可是只有某一種樣子的雲，才能徹底表現黑澤明要傳達的景象，於是他會等，等待畫面，等待氛圍。黑澤明導演用等待詮釋了對電影的堅持與個人的信念，而我卻不屬於這樣思維的人，或許是有些等不及，或許是沒能夠體會藏在深處的那種畫面與思維。

在飛機上時，我又看了一次是枝裕和的小偷家族，有一幕，一家人聽著遠方的煙火，明明什麼也看不到，卻仍向著家門沿廊外擠，想要多看看是不是認真去擠一下跳一下，就可以看的見遠方的煙花。我下意識朝著螢幕外演員目光延伸的方向，隔壁的螢幕裡正好在煙火燦爛的情節。我心想，這大概就是那個黑澤明的巧合手法，也許此刻飛機與我，也是黑澤明戲裡的其中一分子。

剛接觸是枝裕和時，還沒那麼沉澱，總覺得太平淡無奇。直到有天夜裡臨時起意獨自遊蕩，循著和平東路，划划手機，聽聽音樂，拿著可樂閒逛，經過幾家不再熟悉的 BAR，瞥見幾個不再交集的過客。他們穿著時髦，吐著煙圈，看著菸頭落地，彷彿一切都沒發生過。那時的夜晚車流仍多，不時有消防車呼嘯而過，正如倫敦，日夜川流不息，警笛聲也不分晝夜穿梭日不落的帝國之城。我在想，如果把自己拍成電影，會是深刻的劇情片或是單調紀錄片。那時候的同事說：或許會像是枝裕和的電影，英雄不存在，只有平凡的生活、有點髒污的世界還有突然展現的美麗瞬間。

從那之後，我就還滿喜歡看是枝裕和的電影，可能沒能將自己拍成那樣的生活，但也挺嚮往的。我又想起與二助理聊天後所作的詩：我們都掛上平凡人的牌子，再有意無意抹去平凡。

2019-2020

鏡子世界

有一個故事
沒有開始也沒有結束
記憶的影子
也不是大笑兩聲就能抹去
一面是你
另一面是你
你們彼此身後還有多少個漫無目的
看，這裡，在，這裡，這裡，是，哪裡
漸漸
　只剩相信自己
築一片謊言之　地
抽離
當你造訪
你就會映照出完整的你

當你遠颺
你是否鉅細靡遺的忘記
當你哭泣
你是否感受到那股悲傷
當你微笑
你是否又真的相信自己
還是
　只剩不能自己
說一句無聲言　語
救命
取悅
寫一首未完成　詩
　重複朗誦給你
或你
聽，那裡，在，那裡，那裡，是，哪裡
你們彼此面前隔著多少透明玻璃

看得見的你
聽不見你
也就是披上片刻皮囊主義
反射的情緒
沒有結束也沒有開始
有一個故事

2018.12

為每一個城市取一個名字

在碩士畢業到當兵之間，我抽了二十天的空檔到歐洲給自己一趟畢業旅行。我造訪了已數度拜訪的倫敦，以及陌生的阿姆斯特丹、布拉格、慕尼黑與巴黎。這篇文章是在巴黎所寫，沿路上的一些點滴與省思，權當是一篇後記式的目錄分享。

第一次在暮春三月來到倫敦，不同於上次晚上九點半出機場時看到日落的震撼。三月夜晚的倫敦街頭挺安靜的，七點過後夜色就緩緩蓋上。如果要為倫敦命名，這幾次來倫敦我都深深感覺「紳士的優雅」是非常吻合的一個形容。有人說，優雅就是為了一些不必要的事情犧牲，比如禮儀，比如形象。而我覺得優雅是對自己的一種期許，一種歲月靜好，溫和從容的大度。

巴斯是坐落於倫敦西方的遠處小鎮，人口稀少，以巨石陣聞名世界，又有英格蘭最美小鎮的雅稱，聽瑞典來造訪的朋友說，許多明星都在這邊置產買房。我也同意巴斯很美，如果要形容這種美，我還是只有優雅二字可以形容，這大概是一種，容易莫摧殘的氛圍。

荷蘭的庫肯霍夫花園與阿姆斯特丹中心形成了鮮明對比。花園所到處萬花簇擁花香芬芳，市區則充斥了大麻味與人群喧囂。這是個開放的國度與城市，但或許因此，我總聯想到

「開放的靡爛」這樣最直接的印象。這並不是放蕩的那種糜爛，反而更像是徹底解放人性與自我的一種自然。

說起喧囂的阿姆斯特丹，捷克布拉格則給我另外一種對應的感覺，我會說是「熱鬧的哀愁」。布拉格的夜晚比較熱鬧，小販林立，人們四處閒逛。不同於荷蘭，這裡的人群聚集，卻不喧囂，聽得見耳語交流卻不會大聲吆喝。當然，東歐最大的 BAR 也在布拉格，但那就是另外一件事了。

人們總說德國人務實死板，其實他們人挺好的，非常友善。這次到訪慕尼黑，只短短停留兩天，造訪福森的天鵝堡與達赫的集中營。相較於英國的溫莎城堡與布拉格的古堡，新天鵝堡是相對小巧精緻而現代化的城堡，城堡的建造者還沒來得及全部蓋完就死了，促成了現在這個未完工的樣貌。雖然相對小了一點，但也顯得更貼近人的生活一些。達赫的集中營是這趟旅程最令我印象深刻的地方之一，我在其中走了五個小時卻仍未走完，可以想像曾被關在這裡的人，充滿多少絕望與怨念。在思考慕尼黑的這兩天時，萌生的是「誠懇的師傅」。

最後是巴黎，第二次造訪巴黎，我還是沒逃過被騙的命運。海明威說：如果你夠幸運在年輕時造訪巴黎，那巴黎的將永遠跟著你。我想這如果是在說因為年輕所以被騙，我想我會記著巴黎好一段時間的。兩次造訪，我都維持第一次來時的想像：「頹廢的浪漫」，不像英國從容優雅；沒有荷蘭奢靡狂放；經濟狀況雖然也不太好，但卻不似布拉格一般哀愁。這就是巴黎，一個我稱不上愛卻也歷歷深刻的城市。每個城市都有他的名字，旅行可以有千萬種路徑；只要越過自身經驗邊境，就是世界。

2019.04

十三個一個人（亂燉的狂歡）

回憶是凹痕
百無聊賴的我
寂寞
寂寞就好
一條命，一個人，一起鬼混
就讓我一個人／讓我一個人
一個人想著，一個人不是錯覺
也沒有人見證
你看看大夥兒
吃飯、旅行、走、走、停、停、
一直沒再愛一個人，如今就是這樣
有低於熱體溫的人，的謊
而愛
是一個人的時候還不必挽留

原來牽著手
我的心在說一個
只有一個人不痛
揮揮衣袖
一個人蒼老的小孩
深深如夢初醒的又來侵襲
陪在一個陌生人左右
其實我真的很哀愁
已經不重要了
把一個人的溫暖轉移
守著沙漠等待花開還看著別人的快樂感慨享受過吊膽提心
該放就放
最後難免淪為朋友
在腳步急促的城市之中
救贖了一個忘了快樂的人
什麼生存意義想到沒完沒了

就你一個人
一個人想念明天的美麗是認真
完成的夢想也
未必會有以後
喔算了吧就這樣忘了吧
茫茫人海狂風／茫茫人海暴雨
只不過想好好愛一個人
不明白地等一個不明白的人
依然一個人生活
可是當我閉上眼／再睜開眼
只看見沙漠
哪裡有什麼駱駝

2017.11、2021.03

歐洲後記之入場券好難賺

回臺之後，偶然有空咀嚼這些反思，這篇，我想用兩個旅行故事來聊聊其中一個主題：人與金錢。這趟旅程的開始，始自於我某日與同事朋友們聊到：「我要去歐洲一趟，有沒有需要帶什麼？」其中一個同事老廣說：「你要去歐洲喔，為什麼不找我去？」於是後來我的個人行就成了揪團行，想著既然不是一個人出遊，也許三四個人成團，在外旅行比較方便划算。不過像我這樣沒什麼朋友又很邊緣的人，一時之間也找不到什麼適合的人。在我稀少的朋友圈中又認識老廣的，大概也就只剩尼克一人，以三個人為單位的行程規劃就此展開。最後尼克沒去成，在英國時變成瑞典與西班牙的朋友來訪；而後荷蘭、捷克、德國與法國的行程則是我跟老廣搭檔的旅行。背景故事交代得差不多了。第一個故事是有關預算與結算的故事。

每一個人都有他的金錢觀。而所有人的金錢觀，大概最一開始都來自於家庭的影響，而後隨著同儕朋友、成長環境、社會期待與工作職業，開始有了一些後天的修正與改變。我跟老廣跟尼克，大概就有著三種不同的金錢觀。

在一開始規劃歐洲預算時，我跟尼克的數字就與老廣的數字差了一倍，這是一個合理估計的範圍。以前我在去不同地方出差、交流、研究或旅行時，就是一個很愛推坑同伴買東西的人，但我也不是隨便推，只是覺得如果金錢可以轉換成一些適合或對那個人有價值的東西，不如就乾脆的買下去。大概從人生的某段時間以後，我就很少接觸名牌店。大多數時候像 Uniqlo 之類的快時尚就已經足夠應付我的生活，偶爾逛逛獨立品牌的作品大概就是我大學以後的個人習慣與生活風格。

這次在歐洲的旅程，隨著逛許多歐洲品牌的店面，跟其他人一起去買東西，看著歐洲當地的價格折扣又可以退稅，我還是買了許多奢侈品。在巴黎的最後一天，我們各自做著帳務的結算，去掉這些奢侈品，我的花費剛好是我原本的預算範圍。那時候老廣跟我說：「不是，這不能算是你的旅行花費，因為你出社會的時候這些本來就是要買的東西。」

回到臺灣整理行李時，我把東西攤開在房間裡面。開始想著，果然這些是奢侈品呢。既然都是奢侈品了，可能就不是必要的花費吧。雖然這麼說，我還是很喜歡我買回來的東西，只是反過來想，我跟老廣在這件事情上的觀點不同，大概就是取決於我們衡量奢侈品與必需品那把尺不同所致。

第二個是有關消費與分工的故事。

過去幾年，我受邀到很多場合去分享關於海外交流的經驗，我一定都會提到團隊對一趟旅程可能帶來的影響有多大。每個人對金錢的觀念影響到他們消費的態度，因為消費態度的不同，當涉及到與金錢相關的分工合作時，就會有一系列需要克服的問題。

在英國的時候，因為瑞典與西班牙朋友來訪，短時間內成為了四人的共同生活，住在airbnb的好處是就像居家環境，可以煮飯洗衣服，節省在外的開銷。但涉及到一起買東西或分工家務時，每個人的差異就浮現出來。以買或吃為例，就會出現「那個東西我沒有要吃，所以分帳的時候不要記我的」、「那個東西我有分帳，所以要記得留給我」、「我沒有出那個東西的錢，所以不吃」、「一起吃啊有什麼關係」、「那個可以分我一口嗎？雖然我沒有出錢」等等。於是就會在同一筆共同購買的東西裡，出現類似財務報表的複雜記帳方式。

以前自己帶團時，偶爾會考慮到共同預算而控制買東西的範圍，然後基本上在這個範圍以內就均分，有種共同基金的感覺。這樣的概念也使用在家務分工上，誰想做什麼就去做什麼。不過這趟旅程基於每個人預算不同，也沒什麼共同規劃，所以顯得分帳成為一個複雜的議題。我的意見大概都是「恩，都可以」，如果分完已經有被歸類成我的部分，大概就是「想吃想用就直接拿」。

這樣的議題牽涉到我們怎麼把金錢轉換成「我的」的這個概念，例如奠基在一起消費的基礎、實際使用到的基礎、共同基金的基礎等等。至於家務的部分，還牽扯到更多關於人的生活習慣與價值觀，但那又是後話了。

在我為人生學校做顧問的時候，曾經讀過一本「如何不為錢煩惱」的書。裡面有個有趣的觀點是這樣說的：價格是一種公眾事務，由供給與需求創造出來的平衡。價值則是一種涉及個人智慧、道德、美感的判斷。我滿喜歡這個解釋，在英國看溫莎城堡、捷克看布拉格古堡、德國看新天鵝堡時，我也曾想著，是多少人如何付出這些心力去打造這些城池，對打造的國王與實際建築的百姓而言，這些城的價格與價值又是如何呢？

巴黎聖母院是十二世紀時百姓自己籌資所建造的信仰中心，至今仍未完整完成過。正因為它是一種眾人的共同價值，於是此刻我們在這場大火中如此痛心疾首。

2019.04

歐洲後記之走八百五十年

我的行事曆永遠都是滿的，就算沒有登記行程，也絕對可以找到事情做，完全沒有閒下來的時間。我跟大部分的人用不同的視角看待時間，不過這次的入場券三人組中，尼克跟老廣都比較像是現在主義者。

「什麼是現在主義啊？」「就是把重點放在現在，尼克是現在自由派，想幹什麼就幹什麼，想不做什麼就不做；老廣更像是當下派，就是抱著一種既然出去玩了，就要把在那裏的行程裝好裝滿的態度。我呢，比較偏好跟時間共生的關係，會想想從前，想想未來，才去處理現在。」「那是什麼意思啊？」「舉例來說，我不會硬塞行程給自己，如果今天的點走完還有剩時間，我大概就是附近晃晃，回家煮飯或是打開電腦開始寫文章寫企劃。」「可是都出去玩了，有時間不是要多去幾個景點或是哪裡嗎？」「對啊，老廣也是這麼想的。」

在英國的時候，老廣跟一個朋友習慣早早出門，盡量把能走的時間走到飽。我跟另一個朋友不會，一部分的原因是調時差，一部分的原因是因為覺得把時間塞滿的一天就像是在一本書上每一行都劃上重點，時間因此被稀釋了，平常人能用在創造意義的時間是有限的，所以用法也會影響到實際走起來的感覺有多不一樣。

這就可以接到第二個故事。

「我想要用我在旅途中雙眼所見、雙耳所聽、雙腳所踏、雙手觸及以及身體感受到的經驗來賦予意義。」「聽不懂啦！」「簡單來說，就是創造記憶的方式，你看記憶，其實就是在某一段時間你的感官經驗是什麼。延伸一下這個例子，嚴格來說歷史也是這樣。」「所以這個跟時間的關係，可以說是想要怎麼把這些旅程記下來？」「差不多，就是我如何把這些轉化成時間單位儲存。」

這也是我為什麼不喜歡聽導覽的原因。一個皇宮、教堂、集中營或監獄，都有它存留的樣子與記憶，導覽中所說的，無論是考古出來的或史書記載或口耳相傳，最後都只是試圖還原出來的傳聞，而不是當時人們生活的故事本身。所以我總是喜歡嘗試用我的感官把那個地方、歷史、或當時人們生活的本質體現出來。站在那些歷史發生的地方，起大霧的達赫集中營、拿破崙簽下降書的楓丹白露宮，必要的時候看個幾行說明，其他的一切，就先讓我有個想像就好。

「但是你不會想要知道這裡發生了什麼嗎？」助理木魚問。

「會，所以才要想像，我會想著嘉德騎士團魚貫走進聖喬治教堂的風光、想像福森人民搬著石頭上山建築新天鵝堡、推測在皇宮中奴僕們是什麼時候又是怎麼幫房間裡的玻璃吊燈更換蠟燭的。這些想像，有的有答案有的沒有。但反正在這之前之後，有的是查資料的機會，我不急於知道什麼非得在我一邊經驗一邊想像的重大訊息。」

在格林威治天文臺時，我拿下導覽走到一塊大座鐘旁，剛好十二點整座鐘敲響了十二下；這樣的場景也在楓丹白露宮皇后接待室椅子邊的小鐘重複上演。在溫莎城堡聽著衛兵梯踏正步、在集中營聽著風沙捲起地上的碎石礫、在聖保羅大教堂聽著參拜的人們發出細碎的呢喃、以及在巴黎聖母院時聽見最後一次合唱團唱響的聖樂。

有的人選擇聽聽現場的聲音而錯過導覽；有的人選擇聽著歷史的重述而錯過當下，我只是更喜歡前者，然後老廣更喜歡後者。除此之外，我會把自己裝到差不多就可以了，畢竟我一天能用的注意力能記得的東西不多，不過老廣很厲害，他真的是把每一個導覽每一個立牌每一篇維基百科幾乎都看完了，這是我做不到的事情。

「我呢，想要像以前的人一樣，巴黎聖母院蓋了八百五十年，付之一炬之後又會重新再蓋起。這一條路整個歷史走到現在八百五十年。也不是我今天登塔之後就可以走完的。」

2019.04

歐洲後記之為自己加冕的人

在金錢與時間兩個主題後，第三個主題我覺得很值得分享的是人與成就。關於人與成就是我最近思考尤其多的問題，這次我想用三個篇幅短小的故事來談談我的個人意見。

成就是個人的，這句話是我的結論。Ellen Degeneres 在 Tulane 大學畢業典禮致詞時說，成功的定義隨時間而改變，對大多數在這個年紀的你們來說，能連續喝二十杯龍舌蘭就已經是偉大的成就。對我而言，2012 年的慕光羽錄，絕對是我人生傳記裡的里程碑，即使今日回過頭去檢視時，已經驚覺那些文字太過稚嫩，就是一次野人獻曝。所以我對自己要求很深，尤其是當我真正意識到自己是有讀者的時候。知道讀者會被我的文字影響的時候，我開始把對自己成就的要求，從「出版一本書」，修正為「能讓讀者在書裡某處找到避風港」的目標。這趟旅程中我絲毫沒有停下寫作，搭乘夜車時、調時差時、在飛機上時。

老廣認為，一個有成就的人，在這個世界上應該要有一些客觀標準，不然社會不會進步。我想起法國人的皇帝拿破崙為自己加冕的故事：西元 1804 年，拿破崙廣邀世界名流人士齊聚巴黎聖母院，為自己舉辦加冕儀式，教皇庇護七世也同樣出席了這場加冕。根據畫師大衛的加冕側寫畫，拿破崙當著教皇的面親自為自己戴上王冠，不過隨後留傳的世界名畫中，只畫了拿破崙為妻子加冕的時刻，因此究竟拿破崙如何與教宗互動，我們不得而知。

拿破崙絕對稱得上是有成就的人，嗎？不是嗎？他可是法國人的皇帝，世界上最偉大的幾個軍事戰略家，幾乎在全盛時期征服了整個歐洲。連滑鐵盧之役英軍的將領威靈頓將軍都不得不稱讚拿破崙的戰法令人欽佩。可是最終兩次戰敗流放，他被教皇庇護七世開除天主教籍，在楓丹白露宮簽下降書，最後彷彿輕如鴻毛的結束了他的一生。

拿破崙絕對是偉大的，但從結果論而言，他曾經擁有過的就足以成為他的成就嗎？他曾經是歐洲最強大的軍事領袖，即使最後落魄不已；他曾經在教皇面前為自己加冕為皇帝，最終卻被教皇開除教籍。人的成就可以用他人生的片段來評價嗎？還是必須要用一輩子的結果來衡量？這仍然是個值得我們思考的問題。

第二個故事突然跳到許久以前尼克擔任某服務隊隊長一職時，對許多既有傳統的變革引起前輩們的不滿。那時候的我每一年都對服務隊充滿意見，不過每年也還是有幾個隊員或幹部會來交流意見。記得那年抱怨尼克變革的事情，我問他們：「具體來說，是什麼部分讓你們這樣不滿呢？」「我覺得他要做什麼怎麼改至少要讓我們知道啊？」「那麼，如果你們知道了，就會尊重他要怎麼改變現況嗎？」「應該是吧！」「這麼說起來，你們就是不信任尼克而已嘛！如果只要知道他在做什麼就會尊重他，那就算不知道難道就不能夠尊重他嗎？」

時間跳回在布拉格廣場的時候，東歐的風景讓我想起曾經跟尼克一起前往拉脫維亞跟愛沙尼亞的時候。我在〈為每個城市取一個名字〉那篇文章寫說，我認為布拉格有一種熱鬧的哀愁。這樣的哀愁來自於我對布拉格人民沒有感受到人們沒有什麼追求的熱忱或是無法追求的失落。

無論是在百貨公司、速食店、觀光景點，你其實不常看到人們滿懷熱忱或喜悅的在聊天、吃飯、講話。連小吃攤的攤販們在沒有客人的時候彷彿也是沒有情緒的站著或坐著。雖然台灣最近幾年也逐漸有這樣的趨勢，這大概也是一種哀愁。但人們在布拉格難以追求富有，尤其是在歐洲的大環境下，永遠都是歐洲落後的那一個部分。這很大一部分的原因，來自於人們把富有與成就畫上了等號。

有些人的成就會與有錢相關，往往有錢是一種方法而不是最終的目的。老廣的成就觀大概就與錢有密切的掛鉤；尼克的成就觀大概跟快樂、有趣的情緒互相影響。給老廣一頂拿破崙加冕的皇冠或許是絕佳的禮物，但這份禮物給尼克可能就是垃圾；給尼克一個充滿趣味的玩具能夠投其所好，但老廣大概連收都不收。如果拿破崙自己覺得有所成就，即使全世界唾棄他也改變不了他的想法；如果拿破崙被流放的時候綜觀自己的一生覺得是個無所成的人，全世界都認為他是個有成就的人也沒有幫助。畢竟，拿破崙之墓是建給活人看的。

第三個是希特勒，他是有成就的人嗎？他是民選領袖；拿破崙也是以霧月政變成為獨裁領袖。兩個人都在軍事版圖上有極其優秀的卓越成果，拿破崙屢屢擊敗反法同盟；希特勒撕毀凡爾賽合約啟動了第二次世界大戰的歐洲戰場。在德國遇到的大媽跟我們分享她的觀點，闡述德國人自我思考以及對歷史銘記的反省。但在一戰結束後德意志那不合理的責任條款下，難道在希特勒心裡，不是真心誠意的相信：有一天我要改變德意志的血統，並且淨化這個世界。是他偉大的信念與成就嗎？

博恩是臺灣網路脫口秀的重要推動者之一，他曾說脫口秀大概一小時只能賺到六十四元，可是他很快樂，他在做快樂的事。他反問了所有人一個問題：你們下班下課以後在幹嘛？還在做不快樂的事嗎？也許許久以後博恩的墓誌銘上會寫著：這一生都與快樂為伍的實踐者。對我而言，那是一個非常厲害的成就，即使那也許無法使他致富。我想像我的墓誌銘時，比起「出版很多書的作者」，我也許更希望寫上「在文字裡給人力量」之類的話。

查理蒙格說：不要去跟別人比較他賺錢的速度比你快，那是最愚蠢的。賈伯斯說：你的時間有限，所以不要為別人而活，不要被教條所困，不要活在別人的觀念裡。那麼，如果不活在別人的觀念裡，我想成就的普世價值，就是有沒有遵循自己內心的聲音與追尋人生願景與目標吧！

2019.04

滾滾二部曲

第一章：滾動，是曾經

在一段慷慨旋律
彈奏一首自己
我和我的孤獨相互偎依
芬芳的小徑你
捉迷藏的森林
小朋友一起打造秘密基地
溫柔緩慢地靠近
青春的續集
我們都沒想過就自然發生意外交集
一個人的桌椅
整個校園的遊戲
很久以後大人禁止這個東西
我從不說這是你

是我的你
重新開始
我想我還是選你
直到最後一次
後會無期
我還是永遠不後悔地說
我依然愛你
依然愛你
只是很久以後你不會想起
因為我從沒告訴你

第二章：早早

潮濕的空氣喚醒了北歐的石頭階梯
厚重鞋跟一邊拾級一邊敲擊
製造屬於南方特有的熱帶旋律
在酒國的時候，
（噢！那是一個老舊的流行）
一種名為黑森林的飲料
帶給你來自中東的草原幽靈
戴歐尼修斯說
我們徜徉我們恣意
誰在意從明天起還是貨架罐頭的防腐靡靡
我猜想這就是所謂的，所謂的，
（總之是一個我未曾想起的四字成語
人格與靈魂重疊交替
最後一刻沙漏仍不捨抽離
我猜想是摩爾甫斯的成全

即使那雙無聲的翅膀終究不是雪白的告解
我卻也成癮於迷幻的嗎啡
凝聚的夜露披上了英倫的城市與鐘
寬鬆錶帶一邊報時一邊滑落
計算還在夢裡不明的滾動曾經

2017-2018

幸事四首

之一：陽光、少年、希望

青春原本是透明的膠狀液體
我以為那是一個凝望你的透鏡
而你
十七歲的少年是給宙斯的祭品
而你
是象徵阿波羅熾烈的太陽神器
禁不住的，那突如其來的笑
是連日躁動裡的快雪時晴，初次相遇
還沒想過感性的潔癖如此匿跡
你的坦然赤裸到連我都望塵莫及
像初生的嬰孩起伏的胸襟裡哭啼喘息
只有須臾的詩才能歌詠此刻的你
剛好遇見，確實是幸

之二：音樂、少女、春雪

第一首詩素描了少年的青春熱血
互相糾纏的無償交易記錄在第二首詩
獨自的少女用第三首詩懺悔默禱
呢喃的音符是餘生的嘆息
是被情緒繩索綑綁的掙扎傷痕
重新開始時呼吸困難
控制的左右，少女喚醒自由穿梭
歷史的敲擊太多碎屑斑駁
像是一場春日櫻前殘雪
煙幕吹散第一次糊了的眼線
第四首，是幸事，或是不幸
無關是非對錯男女，過程或結果

之三：冒險、少年、矛盾

舒服在別人最不自在的溫度裡面

是一隻放開的手和另外一隻不自由
果然大河彎彎、長空碩碩
一雙脫軌的翅膀拾去了他的質疑／我的認同
終於在擊碎自己堅硬的殼後
獲得「爾當解脫」
但這畢竟不是一句值得慶賀的幽默
一炷香的時間反覆將生命搓揉
我們都被定格在謊言之地
剝去層層皮囊的最後只剩承諾
回首過盡千帆，還是執著
這首詩裡的少年不合時宜
調戲著他人在他人的調戲
你說動搖的從來不是法理情誼
只是還在這裡，而我們終將死去

2018.01

歐洲後記之眾神歸位

出發前夕，我剛把放在學校的資料與物品帶回家裡擺放，大量的書本、文具、雜物堆在我的房間四處如層層山巒山峰，硬是在將所有房內儲存物品搬出來清了個空，再把各式各樣的東西分門別類一個一個擺到定位。直到我從歐洲回來，就發現我什麼東西都找不到，於是又把所有東西搬出來，再一次的把所有東西弄到定位。當東西都擺回去的時候，真的有一種眾神歸位的感覺。說到眾神歸位，想起之前撰寫眾神狂歡的主題，描述我的四位助理給我的啟示與學習的經驗。隨著彼此認識越久，這種感覺就越來越令人雀躍而不安，雀躍於不斷激盪成長互相啟發的火花；不安於終有一別的宴席隨著時間總會越來越近的想像。

人生疲乏，我們都在汪洋中搭著小船。有些人說，不是每個人都是含著金湯匙出生的。也許不是，但其實也是。與其相信這個世界是不公平的差別待遇，不如認為這個世界給每個人與眾不同的天賦與考驗。我相信凡事沒有錯對好壞，只有回饋與反應而已。因此，人人也可以都是含著金湯匙出生的，不需要是金錢權力，正如同我在〈為自己加冕的人〉所說的，那可以是一份自我期許、愛國情操、對自由與真理的追尋，如果你當那是與生俱來的，那就是你的金湯匙。海明威說：寫作有百分之十靠的是努力，但剩下的百分之九十，很遺憾的，確實就是天分。這是一種觀點，而這種觀點為海明威的寫作生涯奠定了他一生的價值。

創立 MOI Education 時，我相信具備每一種才華與態度的孩子都應該有機會擁有自己的舞台，這個後來被稱為奇形的概念，是我的核心願景。也許正如同〈入場券很難賺〉一樣，人們對金錢的觀念與眾不同，不是人人都可以出國探索世界，不過波蘭文豪瑞薩德卡普欽斯基說：越過自身經驗的邊境，就是世界。接觸這個世界沒有那麼難，踏出自己已知的範疇以外就可以了，況且，每個人都有自己探索世界的步調，如果你願意，大可以〈走八百五十年〉，沒有什麼事情是非得馬上見效的。與一群跨領域的團隊互相激盪，這種〈混在一起〉的感覺是我近半年來生活充滿趣味的原動力。當然，與四位助理的相互扶持與成長，也是這段趣味生活不可或缺的一部分。總而言之，歐洲後記進入尾聲，許多與尼克、老廣，還有這趟旅程裡裡外外朋友的故事還久還長，像是在英國如履薄冰還掉進冰雹堆裡的插曲，還有為旅程的幾個定點寫下的詩與文章。詩人最後總是喜歡在某一個段落裡默默安插一句：未完待續。

2019.05

頑固梵谷

起先是熱血燃燒
視野／成／擴　散　狀
像白色細砂
緩緩灑入咖啡
輕微打散拉花
序曲是鼓聲韻律
敲／打／目／光／
先上下擺盪
爾後時間搖滾雜沓
副歌是單身者的自我繪畫
暫停／／／呼吸———
一根深順著頸動脈
扶搖直上穿越
左後腦區

沒入星光
尾奏拉起輕騎兵進行曲
未完成的攤在，
萬鴉稻田，抬頭仰望，

2019.07

歐洲後記之一個人成就一個城市

有誰偉大到能夠成就一個城市？

賈伯斯締造了一個世界帝國，但沒有一個城市因他而享譽世界。比爾蓋茲跟貝佐斯也是。

布拉格因為卡夫卡使人有了想像，村上春樹或莫言也是。朱自清的背影是文學經典，卻只成就了那列火車與橘子；便是城南舊事，林海音女士創造了一個美好的城南；而張愛玲則是使人在城市淪陷中有了傾城之戀。哪怕是萬里長城的秦始皇也不到百年便改朝換代。各國變遷，似乎不再有哪個城市為某一個人而有豐富的生命力，南京北京歷史濃郁但沒有；東京京都古今相映也沒有；倫敦巴黎盛名不在任何一個特定的人；這些城市都很美好，卻無法跟某個特別的人畫上等號。對我來說，巴塞隆納就是一個這樣的城市。路上的磁磚；建築的印記；隨處的公共藝術；人們爭相排隊的景點。你幾乎可以跟一個人畫上等號：高第，又被人們稱作上帝的建築師。

1852 年，高第出生於加泰隆尼亞，後至巴塞隆納讀建築，之後以維森斯之家作為其設計作品展開設計生涯，是加泰隆尼亞現代主義的大師。在美國萊特於今年入圍世界遺產之前，高第以其七個設計建築一直穩列世界之最。這七個建築分別是他的第一個作品維森斯之家、他的贊助者奎爾的奎爾宮／奎爾公園／奎爾區教堂三項、米拉之家、巴特婁之家，以及至今仍在建造尚未完工的聖家堂。這是他耗費人生四十三年的教堂，一座他早已知道有生之年不會完成，為未來打造的教堂。

這座教堂預計於 2026 年，高第逝世百年完成主體全體，並於 2032 完成細部修飾。若在 2032 完成，整個教堂將花費一百五十年的建築時間，而這一切都源自於高第說的：我的客戶並不急。而建築尚未完成時，教宗本篤十六在 2010 年就為聖家堂祝聖，正式啟用這棟尚未完工的宗教建築。

如果你在今天造訪巴塞隆納，這個城市的地標景點前十名可能有七個都是高第的建築。除此之外，你幾乎在所有的紀念品店都看的到高第周邊。而正如前面提到，幾乎所有市井街道表演藝術裡，都潛藏著高第的文化氣息，連令人驚豔的魔幻噴泉，都彷彿致敬了高第的設計元素。

景點的感想不到現場是看不懂的。我為每個城市取名字，在巴塞隆納，有一種未完的感動，尤其走進聖家堂，在持續建築的空間裡，你看到高第的精神代代傳承了九十三年，而且還將持續下去的感動。歡迎來到巴塞隆納，一座與高第同生存，也將繼續一起榮耀的南歐城市。

2019.10

冬蟬

夏季裡邊的蟬兒從暖冬竄出
蟄伏六年之餘錯認太陽
清晨的土壤像是一堵斑駁的木門
蟬兒輕輕一推
門便碎裂一地
靜寒的冬有了短暫的呢喃

雪梨則是充斥著北方的雪族
與那些用空間欺騙時間的旅客
兩個中國夫妻
一對瑞典姐妹
四個馬來半島的同事
還有場橫跨東西南北的美國派對

你若聽懂了冬蟬的鳴
也許我便無須提及那折騰的座位
又小又窄
任誰也想不通人怎麼會把自己塞的那般難堪
說不過去
也就不說過去

各位乘客請注意
生命即將降落
也許在繫安全帶之前
你會想要來個浪漫的吻
祥和的雙眼
激情的遊戲
寧靜而悠遠

歐洲後記之我們比以往都更需要英雄

2017年暮春三月，我與四位夥伴為了執行兩個移地研究計畫前往瑞典斯德哥爾摩與哥特堡。旅程的尾聲，我們在國王花園廣場欣賞北歐唯一的櫻花之地，啟程到瑞典之前，我也正好與學校團隊前往日本千葉大學參訪，可以當時天氣尚未春暖，櫻花雖然有著花苞，但卻遲遲沒有盛開。沒想到峰迴路轉，在斯德哥爾摩這樣的寒帶區域，竟偶然遇上當年日本皇室贈與瑞典皇室的櫻花樹，在街道上盛開，別有一景。

旅程的最後一天，我們拜訪一間餐廳，餐廳老闆是三十幾年前移民到瑞典的台灣人，這幾次我到瑞典來，都受到老闆很多照顧。一頓午餐的時間，我們從瑞典文化聊到台灣政治，又從台灣小吃講回歐洲教育。吃飽喝足，道別老闆夫婦，正穿著厚重外套與老闆送的麵包乾糧起身離開餐廳時，忽然發現門外的人潮多了起來。街道巷弄口開始出現荷槍實彈的警察，不知道發生了什麼事情。粗神經的我們就這樣像是看著景觀一樣悠閒地散步，往舊城區的市集走著晃著，殊不知越走警察越多，甚至連軍隊與直升機都出現了，即使神經再大條，可能也不得不意識到狀況不對。當然，後來我們才知道這是瑞典七年來第一起恐怖攻擊事件，造成至少五死十六傷。

事件發生時，發動攻擊的恐怖分子第一時間未被抓到，導致瑞典議會暫停，首都斯德哥爾摩地鐵全面關閉，中央車站緊急疏散。當天晚上交通混亂，通往機場的交通被管控，斯德哥爾摩阿蘭達機場、挪威奧斯陸機場、芬蘭赫爾辛基三方面加強了維安管理。想起當時，我們還悠哉的閒晃在舊城市集，在一家手工編織品店買東西時，老闆娘語帶憂心地說，要趕快跟家裡報平安，我們才知道這件事情引起了這麼大的國際風波。最後嫌疑人被逮捕了，我們也順利搭上隔天返台的飛機，這是我們生命裡第一次與恐怖攻擊擦身而過，這次的擦身而過，也成為了許多北歐人的陰影。

2019 年十一月，立冬不久，一名身穿炸彈背心的男子在倫敦橋持刀攻擊數人，兩死三傷。恐怖組織伊斯蘭國宣稱為旗下戰士犯案，最後由英國警方到場擊斃犯人。這個犯人並不是一個普通市民，他 2012 年犯下恐怖主義罪判刑十六年，2018 年獲得假釋。案發當天他參加劍橋大學在倫敦橋旁舉辦的囚犯改造新生會議，隨後見人就砍。一名二十五歲劍橋法學研究所的少年是籌辦此次會議的工作人員，不幸命喪於攻擊事件中。他的父親說：我的兒子在這次襲擊中被殺害，我不希望他的死，被用作執行更嚴厲的刑罰或非必要拘留人的藉口。這番話也許回應的是英國首相針對假釋犯再度犯案提出不應提前釋放的論點。

歐洲首先帶領免除死刑倡議，而今卻因為刑期與假釋再度惹來非議。那時候我在英國做研究時，很慶幸可以住進當地人的房子裡，與他們一起生活，一起對話，體驗在地的文化。當時是我第二次到英國，落地的當天，英國剛剛完成全國公投脫歐的開票程序，脫歐確定後，世界譁然，我的房東、學校的校長老師、餐廳的老闆，清一色傾向歐洲團結的立場，英國人在確定脫歐之後，搜尋歐盟是什麼的頻率大幅上升，因為民族意識的激盪，我們顯得更加脆弱而易分裂。

回到臺灣，從農曆春節開始，疫情陸續這邊爆發那邊輕視，這邊趨緩那邊爆發，這邊航空母艦感染那邊航空母艦過境，這邊#TaiwanCanHelp 那邊種族歧視，或是這邊 FightAsOne 那邊大外宣。總覺得自己好像忘記了什麼，原來幾乎要忘記自己身為人類一份子這回事。什麼時候我們會說自己 As One，什麼時候又說我們 Not As One。人類有一份很強烈的意識型態，也許這也是幫助人類生存的本能之一，就是我們極強大的自我欺騙能力。明明不合理的決定卻會自己找一堆佐證的證據、明明反覆出錯卻總是別人的問題，所幸而也不幸的是，我們都是如此，所以並不孤單。

心理學上有個詞彙，翻譯成中文大概叫作縫隙轉換，大概是說當我們的心智觀點單一化時，很難轉換視角，如果在壓力下改變，就會移動到截然不同的另外一個極端。比如，可以在多元成家的議題上反對歧視、支持多元包容，但在臺灣的總統選舉用統獨意識嘲笑黨派候選人；或是可以在反送中運動裡說今日香港明日臺灣，但在軍公教遊行時卻撻伐那是一群強佔著利益不放的上一代。

我們都很難理解，甚至嘗試去理解自己已經認定答案的另外一邊。例如多元成家、例如統獨議題、例如 ECFA、例如太陽花、例如軍公教、例如武漢肺炎、例如死刑存廢、例如升學制度、例如藍綠橘黃白紅色的政治色彩。或是例如基督教，有一套偉大的信仰系統與制度，但許多教派互相斥為異教，而不願意坐下來理解彼此如何詮釋上帝的語言。

或許我們可以來自我挑戰一下，Fight As One，我們可以想像看看，在影片中那些滿面笑容表達對中國謝意的各國孩子們，是什麼感受？或許，是中國派人拿著刀架著這些孩子叫他們畫畫與燦笑；或許，是中國花錢給他們平板讓他們很開心；或許，是中國真的幫助到這群孩子有學校、有圖書館、有相對好一點點的生活與教育資源，當然，這些都是或許。

既然想像了，不妨繼續：歌神陳奕迅以及天后蔡依林，他們又是為了什麼唱一首被稱為大外宣的歌曲呢？或許，他們純粹在表達一個立場，一個面對疫情無論背景團結一心的立場；或許，他們真的希望成為大外宣的一環，向世界宣揚中國的美好；或許，他們純粹覺得，可以跟彼此合唱，是個不錯的經驗。我們說這部影片好像強調了畫面裡某些提到 CHINA 的文字與圖畫，卻忘了搜尋陳奕迅跟蔡依林，總是會先出現 Hong Kong 與 Taiwan。或許上述的猜想都是錯的，或許都是對的。想想蔡依林唱過那些聲援性別平等、支持多元成家、反對校園霸凌、挑戰審美觀點的歌曲，也許我們喜歡與討厭她的理由，都是因為她的屬於自己的獨特宣言，有人聽的進去，也總會有人聽不進去。

然後人們總是在困難之中才選擇團結，卻忘了在安逸之中更難能可貴。短短的幾句話對世界宣揚了錯誤的臺灣觀念，於是我們募集了一千多萬來買下廣告告訴世界 TaiwanCanHelp，我們募集到的資金，可以買美國時代雜誌將近五次廣告。而日常我們卻連多花幾塊錢捐助給各式各樣需要幫助的人都會猶豫，也許這就是患難的力量，讓我們經歷了「口罩外交」、「我OK你先領」，這些活動見證了每個人都可以發揮讓社會度過難關變得更好的力量。只是，我們不是只有在疫情才需要這種力量，我們在日常生活中更需要，當然也可能對台灣人而言，我們花一年的媒體報導總統大選更重要一些、學期末的考試更重要一些、這個月的業績更重要一些、哪個購物平台又打折更重要一些。

倫理學中界定具有德行但並非道德強制力拘束的行為是超義務，也就是如果做了這件事非常值得鼓勵，但沒有做這件事也不應該受到譴責。例如，遇到空難只剩下一個降落傘，妳選擇讓給另外一個人活下去，這是值得鼓勵的超義務，即使在妳手上，妳最終沒有讓給別人自己活了下去，也不應該因此受到責備。然而我們習慣將自己做不到的超義務投射給很多具有影響力很厲害的人物去完成，當他們發聲時，彷彿自己也參與其中，例如募資、例如公開信、例如一首歌、例如一段 YouTube 影片。如果他做的行為不符合我們的超義務期待，我們會撻伐他，就算他是在一個脫口秀情境裡、或是一段過往的社群網站留言。

易經中有一卦稱作「明夷」，有人認為這是六十四卦境遇最差的一卦。明夷是說光明受到吞沒，天地昏暗，前途難測。六卦當中，有五卦處境不錯，惟獨最上位的卦象，天時不濟。

如同一個世界即使經濟正好卻遭受全球流行疾病的侵襲，如同一個國家文明正要發展卻被體制綑綁，如同一國人民開始新世代的改革進步但傳統黨派仍然互相鬥爭不息。而這些時運底下，有很多珍貴值得我們撥開來好好看看其美好的，卻因為一個爛透了的外皮，就否定了整個內在的價值。

李小龍在接受美國的媒體訪談時被問過類似這樣的一句話：你認為自己更像是一個美國人（American）還是中國人（Chinese）呢？李小龍回答：我更想要以一個人（Human Being）的角度來界定我自己。於是我也不負責任的開始聯想：明明我們都是人；明明我們可以在平常時做得更好，而不需要在困難時才相互取暖；明明我們都知道語言比一把刀更傷人，卻總是反覆這樣刺傷彼此；明明我們都愛著彼此，卻總是要用一種對立的態度跟觀點來辯駁；明明我們可以為了臺灣團結，卻總是要瓜分什麼樣的臺灣才是臺灣的資源。

明明我們可以更認真的對待自己與這個世界，而不只是我多想要愛這個世界。

2019-2020

結山

嚴格來說從來不曾被叫喚過
直到凋萎
才第一次有了稱不上不卻並不完全的半面服裝
所幸比起最後白色的缺乏營養
直到最終我們仍然擁抱日光
瓣落之後
還有餘溫的拌入我冷去的細胞摩擦
柔軟的身軀將各式各樣的氣味塗抹於外皮
生命是我留下一襲嗅覺的袍
不要吵
我會一直等待到時間以後
輕柔地問說
可曾為我活過？

2019.11

軍旅異想作為間奏

某一些人這輩子總得經歷某一些事，
彷彿不曾經歷過就不曾活過一樣，
就像男人之於軍旅，
或是女人之於血拼。

軍旅與我之間，
頂多是一次自我放逐的修行，
像是度假的工作，
像是工作的假期。

頑劣

或許稱為「泊」有點太稀釋了
我想這至少可以稱為一個
恩。小池塘
血還在流淌／屍體還很溫熱
甚至有兩個，還在等待單位量詞變成兩具
我們安靜了一段時間
好長的一段———時間
也或許很短
總之足以在彈指之間
銘記
永遠
但
那樣的死法
還是太快了些

不如先把叉子插在阿基里斯腱
也可以再諷刺一點
釘在十字架上的老者身前
（那些）你看向窗前
陳列著赤裸的胴體
身形優美但
精神乾癟
就像在烈日曝曬的空曠刑場
一把／專門斬首的／刀
與
一群／即將消逝的／無罪之人／／／／
以及
一個／坦腹而臥的／頑劣份子
我們唱響靈魂
無關喜怒哀樂
只因心有所屬

就足以囚禁明天
而這也是他們可悲的生物特徵
只有人類禁錮人類
然後人類拯救人類
用人類的語言來說
這又叫做回到原點

2019.06

軍旅異想之非不能為而不為

軍旅生涯對許多所見所聞心有所感，許多思考卻往往還沒有成型，便在烈日曝曬、大雨滂沱或是蒸乾、或是沖散，總覺得不趁現在有縫隙的時間插針，恐怕直到退伍令到，還來不及理解作兵。

也許作為一個教育工作者總是想得太多，不只空氣，也對人事物過敏了些。某天晚飯後跟儒哥聊天，提到當兵總讓我聯想到剛入職場時，各式各樣的人都有，有的人適合當朋友卻不適合一起工作；有的人適合一起工作卻很難當好朋友，當然也難免有些人，都不適合，但至少，是個學習借鏡的機會，此刻，就來講講那些讓我聯想起來的幾類人，權當作我的個人意見發表就是了。

首先從錦衣衛開始，始於明朝，時代有所差異，脈絡有所不同，我並不太喜歡這類潛在人群之中監控他人，甚至還樂於這種特權者。相較於那些直來直往的頑劣份子，更需要引以為戒的也許是那些社會上道貌岸然，實際上都在心裡斤斤計較的人，在社會中這類人還滿多是聰明人，但說到底也沒有那麼聰明，又或是說，在某些地方太愚蠢了一些。

說到這類聰明人，使我想起一個很會圓滑處事，表面做得很漂亮的人，我以為很容易相處的小事，不知不覺也成了我自己心裡的疙瘩。幾度想要開誠布公的好好說說自己所想，幾次又因為覺得自己太多管閒事而懸崖勒馬。這番話醞釀到了今天，也許可以轉化成給那些太把自己放前面的人的個人意見，大致如下：「很聰明，做事果斷，也會依照自己的目標規劃策略，這都令人印象深刻。那到底為什麼會有越來越多的人指指點點、抱怨、甚至暗地說壞話呢？我想這樣會不開心也很合理，可是久而久之我都覺得可憐之人必有可惡之處。把自己放在很多事情之前絕對是沒錯的，可是把表面做成關心別人，卻事實上不是那樣的人時，格外令人不悅，至少我是如此感覺的。」「說到做事，我覺得懶得做也無訪偷懶也沒關係，當然也有時候是在做事，但做事的個人意識很強時，很想依照自己認定的方式與個人意見去做時，順利的話會是人們所說的堅持，不順利的話，是人們眼中自以為是的白目，到時候，人前人後，總會難為。」

四個月的兵役期間也不長，也快結束了。其實如果不說的話，也許很多人也不知道我正在當兵。本來還有好些不同類型的人想說說，但時間漫漫，再說。

2019.07

軍旅異想之永遠長不大的孩子

每個人心裡都會有永遠長不大的孩子，我這麼想。如果不曾從他們的行為語言看出端倪，通常是他們這些人被迫成長的太快，快到曾經的孩子已經找不到機會在成人的社會裡面，找到自己說話的機會。不過，也有些人，徹頭徹尾就是長不大的孩子，例如林小山，舉他當個例子，就可以發現，他沒有辦法社會化，談到喜歡的東西，會充滿興奮與攻擊性；一但話題變得不喜歡，立刻就可以轉換沉默防守，直至某一刻火山爆發，無人倖免。

「我從來，不排擠任何人。」

怎麼可能？真的，我從來不排擠任何人，不過大多數時我也懶得跟人互動。對於小山，人們覺得我也參與了排擠行列，其實我只是不想也不知道怎麼說比較好。這一刻嘻笑打鬧下一刻變成勃然大怒；這一刻我說不滿，下一刻還是被無所謂的反覆調侃。總而言之，不能看場合控制自己，學習依照不同的環境去扮演自己的角色，反而會讓那個場合裡的人覺得，相處起來，既難且累。

大約八到十年前，我也是動不動就表達不滿，情緒轉換比黃燈到紅燈還要更快。得不到或失去的就會說反正我也不想要之類的任性回答。直到有天發現沒有人應該要體諒我的所作所為或無所作為。有人體諒不過是人生當中偶爾的幸運，例如父母的愛是幸運而不是義務。最終，都只是自己的承擔，沒有善惡對錯，只有自食其果。

當然，也有一些令人慶幸的人與事，還有錦衣衛的故事未完，再過不久，大多數這一系列的故事就將塵埃落定，我想到時候我還是會一邊嘆息又一邊覺得解脫，其實，這大概就是那種小孩與大人同時說話的感覺吧。

2019.07

軍旅異想之哪有那麼多壞事

『當兵真的那麼討厭喔？又是那些各種表裡不一又是長不大的人？』

「也不是這樣子，我最近也有在想，試著想像一下，如果你去當兵，假如遇上了什麼討人厭的傢伙，你應該以後再也不想遇到他們，所以這種事情就特別容易被記下來。不過，假設遇到一些不錯的人、有趣的人，那麼可能退伍之後你還會想要跟他們加個 FB 或 IG 什麼的對吧？所以人自然而然就會想說，好的朋友以後可以保持聯繫，那些不愉快的就一件歸一件，所以就記下來了。」

『這樣講好像也對啦！那你要不要講一下當兵有什麼好的地方？』

「從人開始說吧，團體生活，最核心的大概還是人與人之間，所以遇上什麼人很重要，我遇上了一些跟我合不來的人，但也遇上了一些覺得能認識還不錯的人。比如說詹姆士，該怎麼說呢，我覺得，他是一個靈魂非常澄澈的人，每次跟他講話都有那種清澈的溪流洗滌過的感覺。」

「或是說中山哥，他是那種可以跟你聊很深刻的思考，又能夠耍白癡講屁話的那種朋友。二哥的話，就是那種平常安安靜靜認份做事的人，但只要是人都會有想法，所以多去講講話就可以找到一些共鳴。阿嘎是那種讓人相處起來非常舒服的人，不管是朋友之間還是一起共事，他會提供想法但不會咄咄逼人，會稍微偷懶但不會擺爛消失，這種感覺真的很令人安心。」

『這樣聽起來也是不錯嘛！』

「是啊！或是像日記小哥，無時無刻都在寫日記，其實觀察人都很認真很入微，如果不是因為機緣巧合一起整理資料，根本就沒有機會交集。」

『這麼說人的地方說起來好像好的經驗也沒有比較少喔！』

「也可以這麼說，其實不只是兵啦，幹部們相處久了也會從他們身上學到不少東西。」

『那除了人以外呢？有什麼好的事情嗎？』

「好不好的事情，是看心態決定的，就像有時候出去玩，去哪裡比不上跟誰去，交到朋友，很多是就變成好事，交不到朋友，很多事就變成爛事。」

「莊子相濡以沫的故事說，兩隻魚困在岸上，所以他們互相用口水製造泡泡，讓對方可以生存。我覺得那是患難真情的基礎，處境越困頓時，建立的感情越深厚。」

『這我知道，你常常說現在沒有真的很不得了的逆境。』

「對啊！但是與其共患難，更好的其實是兩隻魚都回到海裡，彼此不記得彼此。」

『蛤，有點不太感人。』

「是啊，相忘於江湖太淡了，可是也很難說，也許是因為共患難過，寧願彼此過的都比當時逆境時更好的那種，那就感覺不錯。」

2019.08

軍旅異想之摘掉心上的繭

「其實大部分的時候，我對人還滿冷漠的。」我坐在抽菸少年旁邊，跟他這麼碎念著。

『你是啊，你現在才知道啊？』抽菸少年這麼說。

「是沒有，只是不記得從什麼時候開始，變成事不關己的旁觀路人。」

『當兵吧！可能尤其會有這種感覺。』

「什麼感覺？」

『一個段落的感覺。』

「我都不知道，你什麼時候這麼有文學氣質了？」

『沒有，只是看到你之前寫的文章，剛好想到。』

「哪一篇啊？」

『非不能為而不為。』

那篇文章我寫了愛做表面想演個好人，但做人做事其實不像自己想的那麼像好人的人。這一段時間我偶爾想到他，因為在社會打滾，你無時無刻都會遇到這樣的人，運氣好的讓你發現了可以敬而遠之，運氣不好的你遇見了最後讓自己吃盡了虧還承擔他所犯下的錯。

「不過那篇文章我其實沒有寫到那件事。」我說。

『我知道，大概就是因為知道所以才會想到。』

「想到什麼。」

『想到很多以前時候，可能也是非不能為而不為的時候是什麼樣子的。』

「以前啊，好久好久以前了。」

『說到當兵，你會不會覺得』

「覺得生活的狀態突然還是變得有點措手不及嗎？」還沒等話說完，我就接著問，因為我確實有這種感覺。

『是啊，措手不及。』

今天在工作的時候，泡了一杯阿嘎送我的咖啡，跟他說口味滿不錯的，他才提到當兵時候二十四小時綁在一起，現在卻是幾個字幾個字而已的訊息。

「就像是，摘掉在心上的繭，長了好一陣子，陪你起床運動、曬太陽、行軍、吃飯、洗澡、睡覺，你看起來不甚喜歡的養大了他，真正要摘掉的時候，卻又有點為難無言。」

『所以說，是一個段落。』

「話說回來」

『我們好像還是沒有講到那件事。』

「也是。」

2019.08

軍旅異想之尾聲

「通常尾聲都是來得很快的。」我這麼說。

『什麼意思？』助理木魚問。

人生跟小說一樣，有很多跌宕起伏，但是每個事件的尾聲往往來的突然，稍一不慎，生活就過去大半。軍旅異想也是這樣，忽地一聲便過。回歸民間的生活，說是習慣，又是不慣。明明自己成長了二十來年的生活起居，硬生生在早晨傍晚、吃飯跑步時，片刻會有其實才短短數月的生活殘影。

幾日下來，總歸是無縫接軌的生活的忙碌，回到公司張羅，沒過多久南來北往，忽然想起當初準備大學考試，走出學校，其實人們的生活還是日常，世界沒有因為大考而改變什麼。考試過後，放榜、填志願、報到，你說這樣改變了一生嗎？也許，但你不知道，沒被改變的人遠多了去了。

而我恰好是那群裡面，最若頑石，打死不變的那種。這種頑劣，一路跟隨我到高中、大學、社會、軍中。所幸，今天的軍中不若往昔的嚴酷，我也在這樣的環境裏生存下來，還遇上幾個不錯的舊友新知。總之，軍旅系列的尾聲到來，那些在夜半說鬼故事的；在浴室叫囂打架的；在消毒櫃放洗碗精的；在行進時抽電子菸的；那些你看得慣的看不慣的，一不小心就自然告一個段落。我成了他們的過客，他們成了我的過客。後來隨著年歲漸長，或許我們也會發現過客越多，你歷歷在目的畫面相對就少了。畢竟分母前進的速度遠遠大過於分子累積，分子也隨著可以透過向左向右滑、貼圖、語音留言而便利，便利而就廉價了。

軍中時偶然在讀人們對變老的恐懼，總覺得老人是孤獨的。每次我坐在電腦前，看著每一個在線上尋求曝光的文章影片相片，卻又總是覺得，我們又何嘗不是，在網路世界寬慰自己孤獨的陰影呢？隨文附上在軍中創作的詩，聊表尾聲。

2019.08

小夜

晴明月未圓
東方風起
西邊雲霞
乘風者大啖生活五味
浮雲人淡看
　江湖風雨
　兒女／情長
日落惹斜陽
花開緣起
凋謝異鄉
劊子手呼吸溫文儒雅
受刑人細嚼

屍骨無存

孟婆／端湯

2019.06

軍旅後記之我們都是有故事的人

寫這篇文章已經距離我短短的四個月兵役退伍又過了半年。期間幾乎沒有什麼機會再與同梯的弟兄們有交集。退伍後一兩個月間，寄了書給其中幾位弟兄，既是分享些什麼，也是留個念想。

到現在為止有在見面的，就只有阿嘎跟日記小哥。阿嘎退伍之後沒多久就從舊工作離職換到了新工作，選擇更換跑道這件事情，他說：「雖然沒有之前賺的多，但是之前那個學不到東西」。很像是自己生命的演員，決定為自己選擇另外一場更好的戲，更積極地讓自己成為更好的人。這兩天跟日記小哥抽空喝了杯咖啡，聊聊退伍這半年過得飛快，也聊了各自過往故事裡，如何造就了現在的我們。我覺得我們的人生都像電影，每個人都有自己的故事，他說希望自己持續朝向成功前進，我總覺得當我們說出朝向成功的時候，就已經成功了。而從願意邁向成功到做出自己心中的成功，我猜想，那大概就是讓電影變得好看的理由。

最近剛好是疫情期間，也是千禧世代成年來第一次遇上的國際危機，無論是疾病史上或是經濟史上的。偶爾會想起當兵時群聚感染，感覺把各種疾病都體驗了一輪的那種感覺，然後意外地感謝那四個月讓我養成了無數抗體，從退伍至今半年還健健康康的。這一陣子剛好跟親朋好友們一起去了一趟宜蘭，我跟他們說：宜蘭啊，我覺得我當兵的時候已經用掉這幾年去宜蘭的額度了耶！但當車開到宜蘭，還是會想起當時搭接駁車入營離營的畫面，還有其實人也不差，但就是故意找新兵毛病的班長排長們的喊叫聲。

每個人在不同的十字路口都做了屬於自己的抉擇，而無論當下如何抉擇，都是那個瞬間我們判斷給自己最好的一條路，所以無所謂去計算當時選擇了好與壞、錯與對的路，而是應該更專注讓自己這條路變成好與對的路。我坐在咖啡廳的窗戶邊，是一扇挺大的窗戶，窗外是一個十字路口，公車站人來人往，有老年人，有青澀的學生，有牽著手的母子，有情侶，有同學。他們每個人也都有自己的故事，其實很多時候，如果我們願意拋出橄欖枝，也許會遇上驚喜。或許我們不會見面就問說：我有酒，你有故事嗎？但至少，可以問問最近在做些什麼，有沒有什麼新鮮事呢？

2020.03

軍旅後記之以年記月

「畢業以後，人的生活好像就是日復一日又一日的過，沒有太多的跌宕起伏，沒有太多的新奇有趣，對吧？」一個年輕的創業家約我喝下午茶，我好不容易抽出一點空閒，就在家附近的咖啡廳陪他聊聊時，他這麼問我。

「你說的對啊！但是如果你認為，畢業之後日子的改變其實會變大，會變得更加波瀾壯闊高潮迭起，你也是對的。」我這麼回答。

我一邊喝著夏日裡的冰咖啡，一邊回顧一年前的這個時間我正在做些什麼。想起自己那時候，應該剛剛在大太陽底下操課完，跟一堆滿身臭汗的傢伙們列隊回到連隊，換上運動服準備跑步。想著想著，其實也是不知不覺到了以年記月的日子，準備以退伍幾年來取代幾個月前這樣的說法。

幾天前日記小哥來找我聊天，說起周遭每一個他找過的同梯，沒有一個如果有選擇還願意入伍一次的。只有我說，如果真的能再選一次，我還是會去當兵吧！雖然我仍然跟助理派迪還有助理木魚說能不要當兵就不要花那個時間，但永遠只過著一種身分的生活，有的時候我們會忘記不同的人是如何思考的。

例如我最印象深刻的，應該仍然是在當兵前兩個月的期間永不間斷的反覆生病的過程，雖然痛苦，但是卻好像把自己的身體打造成刀槍不入，退伍至今無論氣候如何改變感冒如何流行，都還是體能健全的火力全開。在第一本慕光羽錄裡，我寫過人類的來往其實也很像是細菌，對你有害的細菌通常都不是什麼破壞式的侵入，而是先欺騙你的防衛機制，像是朋友一樣大喇喇的穿過你的保護屏障，等到能直搗黃龍的時候，一鼓作氣把你的免疫系統弄得手忙腳亂一蹋糊塗。人情之間又何嘗不是，最終能傷害到自己的永遠只有自己錯付信任的人，所以啊，人永遠要為自己留有一道防線，正如瑯琊榜中的梅長蘇，縱使極其信任，也有以防萬一，這也是最近讀一本書時，所領悟到的風險有限的管理方法。

「其實有研究指出，很多人會誤以為過去十年到現在人們的改變幅度會大於現在到未來十年。不過事實是相反的，在人生的任何時間點，未來改變的可能性都大過於過去，端賴你活著是面對過去，又或是面對未來而已。」我突然回到與年輕創業家的對談，這樣跟他說。

2020.06

每當

每當烈日當頭
稻穗青青彎腰也沒懼過折騰
空谷低吟
遠處的船舟擺渡異鄉有恨
每當月濺星河
紅葉緩緩飄落大地萬籟有聲
刀斧劃破
此刻的辯駁病嗜冤枉還休
錯生了一筆二墨
燕雀離巢
蜂蝶沉默
三回輪流
到頭來仍無可求

2019.06

口袋裡零碎音符

翻翻身上可以存放的地方，
我們打開了自己的過往與傷疤，
但大多數時候只記得疼痛，
卻不曾因此而變得強壯。

口袋與我之間，
是無數次自我與自我的對話，
每說完一番，
就又包裹起來好好收藏。

口袋系列之拯救世界前的檢查清單／助理木魚

口袋系列，是整理 2012 年開始到現的所有演講稿，我們篩選了其中幾篇。例如這篇，算是為了開啟口袋系列時我們想到的選取標準。那麼，請開始聆聽我們的演講。

「如果現在，就是現在，有機會讓你拯救世界，你願意嗎？」大部分的人都會遲疑，而且尤其是那些發現人生苦短，社會險惡的，尤其會再去確認說：我要做什麼才能拯救世界？我會死掉嗎？我的家人呢？當然，這些問題本身沒有問題，一旦人們問出來了，這些問題就成為了拯救世界前的檢查清單。

「那如果一開始就回答是的話，很偉大嗎？」我會說不見得，大部分這樣回答的人，只是魯莽而已，怎麼說？如果你回答願意，然後拯救世界就是要消滅一半人口，你還是義無反顧嗎？如果是，那不就跟薩諾斯一樣嗎？他或許還更偉大，因為他隨機消滅一半的人，反而鋼鐵人只消滅薩諾斯跟那些外星人。

我們來說說鋼鐵人好了，超級英雄常常被當作是拯救世界的主角。如果今天東尼史塔克在決定要不要拯救世界前，他的檢查清單會是什麼呢？第一，小辣椒要沒事；第二，梅根要沒事；也許還有蜘蛛人也要沒事，如果他們三個都沒事，鋼鐵人大概就可以去拯救世界，不管能不能拯救、不管會不會犧牲。結論是，鋼鐵人很自私，因為除了這三個人，其他人都可以死，當然，如果死的是壞人更好。不過別誤會，我還是很喜歡鋼鐵人的。我們也許可以來看一下另一個對比，沒什麼存在感的神力女超人加強版，也就是驚奇隊長，當一個人可以不費吹灰之力毀滅或拯救一個世界時，她又要檢查什麼？好吧！我坦承，我沒有看過驚奇隊長的電影，但對我來說，她有一天要是變成反派，就可以領薩諾斯的薪水了。

所以，所謂的拯救世界，是什麼呢？我不是鋼鐵人，不去想那麼偉大的層次，把尺度放到人類應有的規模，做好垃圾分類、不要酒駕肇事、不要打死其他人或被打死、不要動不動拆散別人家庭，或是關心一下受傷的人、包容一下不同的人、尊重一下對立的想法，我就覺得在拯救世界了。例如跟一個日本朋友聊天，他感慨網路霸凌的可怕，不管是文字或是說話，都比起實際拿起一把刀殺死另一個人更容易，也因此更可怕。我說：真的，不要毀了別人的世界，就是拯救世界最好的辦法了。

我們公司有這樣的一個願景：創造一個讓每個孩子都能學自己所愛，發揮自己態度與才華價值、充滿可能性的舞台。在這個願景裡，每個人都有他的世界，鋼鐵人的世界是小辣椒、梅根、小蜘蛛人；薩諾斯的世界是一個平衡的宇宙；我想起林懷民老師說：但願我們在追逐夢想的路上能留一個位置給別人的夢想。這就是我拯救世界的方式，檢查清單：不要毀了別人的世界，留一個位置給別人的夢想。

以上，你拯救世界了嗎？你的檢查清單呢？

口袋系列之耐心

請各位給我十秒。

好了，我知道大家等的有點不耐煩了，在這個世界我只借用了你們每個人十秒的時間，但是要知道，一群人的十秒加起來就可以改變世界，雖然不一定是往好的方向啦，像是當初的希特勒就是一大群人在非常群起激憤的十幾秒內選出來的。但大家請放心，我今天的主題不是要搞亂這個世界，那個部分已經很多人在做了。

不過，我還是非常感謝大家願意坐在這裡聽我說話，不知道大家是否知道，等待是很有力量的一種素養，我想起偶遇一個紳士的笑話，在英國地鐵，一位乘客對站務員的服務不滿意而對站務員說了幾句，最後溫文爾雅的看著站務員說：別忘了你的微笑。

稍微說遠了，不過我更印象深刻的，是站務員一直站在那裏聽的態度。他可能不會開心，但並沒有表現出不耐煩的態度，或是有的話，那就掩飾得太好了。對的，我今天的主題就是這種不會不耐煩的態度，換句或說，也可以說是等待的藝術。你們可能覺得等待是很枯燥無聊的，等別人拍照，排隊買東西，陪女朋友逛街，搭長途飛機，或是等妳的家人在上廁所而你剛好又很急的時候，看起來大家都有一些一樣的經驗。

做一個小嘗試，用等待造一個句子，任何句子，如果你想好了，請點點頭，恩，大部分的人都想好了，不知道如果我們把剛剛那個等待改成忍耐，大家覺得句子還一樣嗎？恩，有些人搖頭了，你們是不是覺得用忍耐有點太超過了一點，沒錯，所以我們可以發現一件事情，等待不是忍耐，他沒有那麼強烈的負面情緒。

或是說，等待本身其實沒有什麼情緒。想像一下，你在等火車回老家過節，火車誤點，好不容易車來了，在路上故障暫停半小時，到了火車站時，沒有計程車可以搭，又多等了許久，回到家已經遲到很久，這時候，你的心情如何？八成很焦躁緊張又不開心，是吧！再讓我們想像一下，你的爺爺奶奶爸爸媽媽三叔六嬸，看你長途跋涉回家之後，熱著湯，切好水果，圍在客廳，面帶笑容的說：哎呀終於回來了，快來吃點水果喝點湯！

明明經過了一樣的時間，他們滿臉笑容，你卻暴躁不安，這是為什麼呢？因為他們在等待，而你在忍耐。對他們來說，他們知道也相信最終你都回來，因為知道而相信，所以等待，而那些意外與不相信的使你必須忍受不安。從今天起，不如讓我們試著更努力去等待，努力去找尋過程中那些我們知道與相信的，而不是固執於那些意外的與無關的。而那個努力，就是我們所擁有的耐心，我想起我在新加坡教書時，與老師對未來教育的對話，今天，我也想以其中幾句來作為結尾：在世界變得更好之前，我們繼續努力等待。謝謝大家，願大家展現耐心，等待而努力著。

口袋系列之拖延

今天，我想要跟各位談談不一樣的東西，拖延。「蛤這個主題不是已經被說爛了嗎？」「這個東西哪裡不一樣啊？」是啦，我也覺得拖延這件事被講到爛掉了，所以我今天不講其他人講的那種拖延，我講講這個世界是怎麼搞出拖延的好了。

拖延這個詞起源於拉丁語 Procrastinatus，pro 是前面的，前行的，crastinus 則是明天的意思。是 Edward Hall 在 1548 年首度應用於英文作品中，這個詞彙才開始逐漸廣泛使用。其實，如果想要研究一下將拖延這個概念演繹得最為複雜的作品的話，可以去看看哈姆雷特，他把拖延弄成一種存在性的問題，那個可以講上一個學年。

總之，人們為什麼拖延？總結坊間所有其他講座跟書籍，我可以說不外乎是不想、不能、不需要這三者的排列組合。我們來討論一下這樣的狀況，放心，我會用一些例子來幫助各位理解。在今天的演講過程中，我不打算跟其他人一樣告訴你們解決拖延的策略或工具，不過透過這些例子了解拖延的來源，也許可以讓你們稍微更清楚自己為什麼會拖延這件事。

首先，最簡單的組合就是你不想、不需要，也不能做的事情。這種事沒什麼好說的，你根本不會去做，所以你也不會拖延。不過這反而很難舉出一個好的例子，因為這根本不會在大部分人的生命經驗裡出現。再來，我們來談談不能夠這件事。如果有一件事情，不管你想不想、需不需要，但都沒有能力或沒辦法完成的時候，拖延是必要的。而且，這個拖延不是你的問題，是給你這個任務的人的問題，當然，如果你自己找來一件你做不到的事，怪自己吧，以後別做了。這個例子不難想像，明天要寫出一份希臘文小說，但你完全不懂希臘文跟小說，可想而知結果會是甚麼。

那麼，就只剩想不想要跟需不需要這兩個組合了。「蛤？從拖延講到想要跟需要？會不會扯太遠？」可能有人會這麼想，所以我才說有點不一樣。

綜觀世界，我們最常遇到的拖延大概是那些你不想做但是需要做的事情。然後你知道嗎？讓你拖延的原因則都是那些你很想做但不需要的事情。當這兩個交集，你就產生拖延。如果你想知道怎麼好好運用想要跟需要的圈圈，我從加拿大學回來改良的時間顧問技術很有用喔，不過我今天也不講時間顧問技術，因為那個很貴。我最後用一個例子來解釋這兩個交集是怎麼造成拖延的：大家小時候有沒有寫過暑假作業？從來沒有任何一個暑假拖到最後一個禮拜才寫完的朋友可不可以舉個手？如果都沒有，那麼要恭喜各位，你們所遇到的拖延都非常簡單，就是不想要而已。就這個狀況來說，拖延的起源不是來自於你們自己，而是來自他者。我要說的是，你們沒有辦法解決這種拖延，因為這種拖延是本能的。放下專案不做去吃喝玩樂，你拖延的是工作；為了專案放棄吃喝玩樂，你拖延的是人生。

去年秋天，我去參加一場企業培訓講座，講師開頭就說，如果覺得勉強，就乾脆不做，這番話很看狀況決定適不適用。如果拖延是各位的本能，我想這句話不錯，讓你拖延的那些事，都沒有準時完成它的價值，那麼不如不做，就放手拖延吧！有些人可能會好奇，如果拖延是你後天的習慣與前進的阻礙，那麼歡迎來聽聽我的「時間貧窮學」，我會在那裏跟大家聊聊，為什麼人類時間越多，卻越覺得貧乏。謝謝大家！

口袋系列之如果慕羽是一個品牌

演講的開始，讓我們閉上眼睛，想像一下你在一個令人享受而放鬆假期裡面，正坐在某處的椅子上。感受一下這個環境，椅子的觸感與材質如何、房間的溫度跟色調如何、屋子是什麼裝潢擺設、有幾個房間、你正坐在哪個房間的什麼地方、周遭有沒有人或什麼聲音？

好的，各位可以緩緩的把眼睛睜開，回到這個冷氣有點強的演講廳，如果你是從熱帶國家回來，小心別感冒了。大家醒過來了嗎？不知道大家剛剛去哪裡了？有沒有人願意分享一下？

一定有人困惑，今天的主題明明是「如果慕羽是一個品牌」，怎麼已經過了一分半我還在帶大家神遊度假。那是因為我是在剛才大家所在的那個地方思考如果我是一個品牌這個題目的。我想問各位兩個問題：你們為什麼想去那邊度假？以及在那裡看到聽到感受到的為什麼是剛剛那樣？

我想到的那個瞬間，是我坐在布拉格羅浮咖啡窗邊，拿著羅浮咖啡的便條紙與鉛筆，坐在卡夫卡或愛因斯坦曾經坐過的以絨布裝飾坐墊的木椅，寫下自己對自己個人品牌的想像。那個畫面是這樣的：一個反覆不斷在紙頁間奮筆疾書的吟遊詩人，一杯熱拿鐵，一片精緻的蛋糕，一首好聽的配樂。結果，我發現那一刻我的樣子就是我的品牌：那個反覆不斷在紙頁間奮筆疾書的吟遊詩人，一杯熱拿鐵，一片精緻的蛋糕，一首好聽的配樂。

如果慕羽是一個品牌，你點開他的網站看他的品牌故事，那他應該呈現的就是這個樣子，也就是最真實在做自己，享受生活的樣子。所以我想回過頭來問這個問題，現在請你們閉上眼睛，慢慢的，慢慢的回到剛剛那個畫面裡，在畫面中，緩緩把整個畫面拉遠，讓椅子上的你留在畫面中。那個場景是什麼樣的？那個放鬆的、享受假期的你是什麼樣的？那個，應該也就是你的品牌故事了。

好的，再次請大家回到這間比剛剛稍微暖和一點的房間。等一下演講結束的時候，請跟你的左右鄰居自我介紹一下：我是誰，剛剛在我腦海裡浮現的那個畫面是什麼，我的品牌畫面有著什麼特性，那代表著什麼。不用很具體，可以稍微發揮你的想像力，比如說：嗨你好，我是慕羽，剛剛的畫面是一個詩人坐在咖啡館的椅子上不斷的寫作，偶爾停下來看著窗外的行人，或是喝口拿鐵吃塊蛋糕。我想那代表的我的品牌故事，一個認真用自己喜歡的文學耕耘的人，咖啡可能是我源源不絕的能量，蛋糕可能是來自他人的肯定，音樂是調劑生活的旋律，窗外是這個品牌保持距離美的態度。

接下來，請開始你們的品牌故事。謝謝大家，我是慕羽。

口袋系列之給世界一個微笑／助理派迪 x 助理木魚

嗨，今天這篇文章有一點點有趣，主題叫做給世界一個微笑，是我跟助理派迪的段落交錯而成，應該會很好玩，或是很亂，反正呢，事不宜遲，就給你們看看吧！

內部儲存空間百分之八十五已滿，請輕觸以移動應用程式和資料到 SD 卡。這是我的老手機最近不斷告訴我的事。最近的生活也很滿，滿到我難以呼吸，每天像是溺水一樣在日夜中浮沉。

今天還真的下起大雨，好像老天爺要把我溺死一樣，上學的路上雨尤其壯觀。F**k! F**k!! F**k!!，雨水滲透了防水的靴子，我每踩一步就罵一次。後來我乾脆抬起頭、放棄低頭看路，反正不管哪裡水深或水淺都救不了我的腳。但正當我準備再罵一次的時候，我笑了。

時間定格在十五年以前，五歲的小孩不知道什麼叫作痛，在公園的遊樂區上下跑動，跌倒了再起來，跌倒了再起來，跌倒了再起來。小傷口擦滿手腳，蚊蟲叮咬成包，如果把遊樂場上其他人的身影暫時取出，只留下這個五歲小孩，看起來就像是什麼勵志微電影，電影名稱大概就會叫做『你多久沒有像小孩一樣笑得開心』。

原來偌大的操場上只有我一個人被雨水整了，把鏡頭拉遠，就會看見這個人嘴裡還碎唸個不停，如果是我坐在電視前面，看到這景象再搭個罐頭笑聲，大概也會笑起來，啊，我已經笑了齁！

「欸，笑一個嘛！那麼嚴肅幹嘛？」以前的某個朋友很喜歡這樣說，不過我笑起來很像白癡，所以不是很喜歡笑。後來出了社會，跟這個朋友很少連絡。於是就更不習慣笑了，最近工作上遇到一些困擾，去找朋友聊天，她突然問我說：欸，你上次開心的笑是什麼時候？

上一次開心的笑是什麼時候？不太確定，只確定最近朋友看到我都會問我心情為什麼不好。其實我心情也不差，就是眉頭鎖著，鎖著鎖著就習慣了。反省了一段時間後，除了因為在雨中待太久連衣服褲子都溼了（F**），心中的負擔好像釋放不少。雖然微笑不能讓雨停，但心裡早就放晴了。

「我覺得我很容易受到老闆的狀態影響。」我跟朋友這麼說。「什麼影響？」「比如說像是，常常不確定自己做的事情到底符不符合他的要求，或是有時候感覺在用一些蠢事情耽誤他的時間。」我落落長的講了大概三十分鐘。

「所以你的老闆是都不理會你的進度或是不管你的事情？然後嫌你蠢嗎？」我的朋友這樣作結。「也不是啦，他會給我回饋啊，而且也講得很好很詳細，然後常常會主動叫我問他一些問題，不管是生活上的或是工作上的。」我朋友聽了之後有點不了解的說：「那你為什麼要不開心？」

回想兩年前的啦啦隊比賽，我曾不懂為什麼學長姐總是逼我們笑，不管身體多累、心情多差還是要笑，直到驗收表演的那一刻我才明白快樂是會傳染的，觀眾能強烈地感受到表演者展現的能量而搖擺；正如同負能量也會使得整個團隊氣氛變調。幸好那次比賽的過程和結果都是好的，下了舞台，大家終於放聲笑了。

咦？那我為什麼要不開心？好像是齁，聽起來我的工作還滿理想的。想到這裡，我大概是不自覺的笑了一下。「你看，至少你的老闆教會你笑了！」仔細想想，如果不是自己真的想太多，不習慣笑，覺得自己笑起來像個白癡，還有對自己工作的一點不安全感，其實真的沒有那麼大的壓力，像現在，笑一個就好多了。而且，也讓我那久違的朋友開心了起來，果然，快樂會傳染。

下了舞台，我們都還是人生劇場的演員，傳達的喜怒哀樂還是會影響到周圍的觀眾，於是今天我嘗試著把微笑掛在嘴邊，不用想也知道樣子很滑稽，而且整天發生的鳥事甚至變得比平常更多，但周遭的人變得更和善了，所有的鳥事也都平安落幕。到底是不是微笑發揮了力量，就留給明天的微笑來證明。

不過，可以確定的是，如果因為早上被雨淋濕而自暴自棄一整天，心情一定比現在還慘一百倍。如果快樂真的會傳染，那麼平常的埋怨不安笑一個說不定真的會好一些。我想起來那個五歲小孩在遊樂場遊戲的燦爛笑容，我希望你也有一個。來吧，給世界一個微笑。

口袋系列之微笑別傳：為了治療孤獨

創意產業對我來說是一個很迷人的產業類別，這一套產業乍聽之下彷彿是純粹靠好奇心與創造力打造出來的思考樂園。當然，現實不是這樣的，但為了人們心目中的那種樂園，我想，我們可以做點不一樣的事情。出了社會以後，人們常常拿現實的大石頭來砸我們，這個太理想那個太不實際哪個又不可行。想到什麼驚天動地的好點子時，就只好吞在肚子裡，像隻牛一樣不斷反芻，或偶爾我也想過像個長頸鹿，吞下去的時候至少可以多待一點時間，不要太早被胃液吞食，這篇文章就是在這個吞嚥的過程中吐出來的。

我思考了一下最近生活裡的幾件事情，最諷刺的大概就是讓我變得最實際的是「教育」，我被「教育」成了一個夠現實的人，因為夠現實，所以能說服人們給我機會去海外執行計劃，因為其他人不夠現實。我也被「教育」系變成了一個動不動就在講可行性的人，當然，有泰半的原因是因為擔任助教，在研究的過程當中，可行性是非常重要的。雖然我最後的專題，提的卻是聽起來超級沒有可行性的教育未來感（對，身為多年的研究法助教，也是會被電的）。

讓我覺得幸運的是，那次對教育未來感的想法，成為了後來想要開發「教育設計」這一套研發方法的契機與原則，這才發現，原來可行性其實不是那麼重要，因為只要人可以想像到的，就有一天是可以實現的，哪怕是十天、百年、或是幾個世代的實踐。

Whoopi Goldberg，史上少數拿下電影電視舞台劇與音樂四大獎項的演藝人，身上總散發一種矛盾的美感，又有神性般的從容祥和，又有叛逆搖滾的狂野精神，我印象深刻的是她說如果妳想對某個人狂飆髒話，最好的方法就是在心裡罵完之後什麼都不說，給她一個超級善意的微笑。

聽到這個故事的時候，我第一個時間就是想到那種顏色鮮豔超級漂亮的花，通常就是有毒會毒死一頭大象的那種，你都不知道看起來越好看的東西為什麼內在越能無聲無息卻輕而易舉的弄死人。不過別誤會，大部分的時候，你如果看到我微笑，我心裡面一定沒有在罵髒話的（微笑）。

小時候的我比起現在更愛運動一點，打打球啊溜溜冰啊幹嘛的，現在除了聽音樂跑步以外，大部分的時間都在忙東忙西。我並不能說是個運動能力很好的人，但我很喜歡當那種在足球隊裡面被別人說是撞球打很好的那種人，或是跑步的時候別人看到會說那是很愛閱讀的人，這大概是小時候的一種惡趣味，不過為了完成這些成就，我也是發揮不少創造力。

舉例而言，我最近學了一個成語叫做讀書亡羊，這個成語是日本人簡化了莊子臧穀亡羊的故事而來，前者大概可以說一個人愛讀書讀到放牧的羊都跑光了這個不明所以的小故事，後者則是說有兩個人，一個人只顧讀書另一個人超愛賭博，但反正他們最後因為沒有認真顧羊所以羊都跑光了。

我自己是覺得讀書亡羊這個詞很好玩，因為愛讀書愛到羊都跑光了，這樣到底是好是壞呢？不過如果我是牧場的主人，應該會給這樣的牧羊人一個超級善意的微笑。至於莊子的故事後續是，兩人雖然一個是讀書一個是賭博，但無論從是什麼事情，兩個人都沒有把牧羊的責任做好，所以都應該是一樣的罪責。如果是這樣的話，說不定會因為都被懲罰了，所以這個讀書的跟賭博的最後變成好朋友，彼此相視而笑，開了中國歷史上第一個有建制的賭場也說不定。大概有很多人不懂為什麼今天的題目是為了治療孤獨，原因嗎，那當然是為了治療孤獨啊！讓我為你們朗誦一首詩作結吧！

（作為怪物 1.3.3）

節奏開始，節拍周而復始
言語通通禁止，音符也不可恥
咚咚咚咚答答答
寂寞的椰子不關乎誠實
疼痛扭曲這理，迷失正直
笨蛋們的末日，靈魂墨漬
找不到路的羊群，開始掩飾
嘩啦嘩啦轟隆隆
咳出眼淚侵蝕
為了面容參差
微笑解釋，眷戀成癡

微笑後記：撇除語言的互動

「給世界一個微笑」。我們總是習慣用很多複雜的方式來表達自己的感受，卻忘了絕大多數時候在說話之前，這種感受早就已經傳遞出去了。這篇演講稿寫在給世界一個微笑這篇文章問世之前，不過現在回頭看來，透過這篇演講稿所說的，或許可以作為微笑的一個註解。

撇除語言的互動，這個題目有一點違和，而且不會是個很好講的題目，收到的時候我一開始就想「這三小？」，後來我釐清了一下，想了不少，然後更是發現「這題目也太難。」五分鐘的演講裡面，可能有五分鐘都在抱怨這個題目，如果是這樣的話，請跟主辦單位反映，像是我最近很喜歡的題目是「給世界一個微笑」，你們看，多麼溫暖的題目。話說回來，我還是要說一下什麼是撇除語言的互動，其實也不是不能講這個主題，但我覺得很難懂。舉例來說，我覺得撇除語言，就不存在互動。是不是聽不懂，這大概就是父母用大人的語言跟孩子說話，或是一群當兵仔講著其他人不懂的話題時的那種感覺。

對我來說，什麼互動都可以歸類為語言，也就是說，語言是互動的基礎單位。但如果我們暫時先不管這種複雜的假設，換簡單一點的，如果不說話，我們的互動是什麼樣子的？我稍微講個小故事，這類故事是我搭飛機時可能會跟隔壁乘客說的故事。

2015 年，我帶了一個跨國研究團隊前往西北歐兩個月，執行了一個橫跨七個國家跟十一個城市的文化研究專案。正好，這個故事起始自德國漢堡到瑞典斯德哥爾摩的火車旅程之間。那時候得我們剛從倫敦離開，途經巴黎之後前往德國漢堡，再從漢堡搭車經過哥本哈根轉車到斯德哥爾摩。用火車當作跨國移動的交通工具是有趣的，城市、鄉村、軌道、景物、世界都以車窗的方式一格一格的呈現。

借我二十秒，我來朗誦一下這一段窗外景色：

『交通最能流動變化
瞥看窗外景色聲響的車廂
一座庭院經過一間廚房
一名男子午睡客醒他鄉
一個孩子接住一顆球
來自我們看不見的方向』

挺有感覺的語言形式喔，用看跟念那種互動的感覺也不一樣。話說回來，旅程也挺累的，因為歐洲相對環境治安都比較複雜，如果在火車上過夜就會輪流守夜，當然每次我睜開眼睛的時候其他人眼睛都閉上了，所以我才有需要一直守夜跟寫作。

在漢堡剛出發時，我趁大家還醒著，想趕快先睡一下，結果一個來自敘利亞某個小村落的十五歲男孩，穿著破短袖上衣帶著行囊窩在我的座位旁邊。上述這些是怎麼知道的先不說了，我也不打算講後來發生什麼事情。總之，我們的目的地在瑞典，於是我們就一路把他帶到了瑞典，他用僅有的一些比手畫腳與英文表達他似乎打算前往挪威奧斯陸的這個意圖，於是我們就買了一張火車票，我帶了一些麵包飲料，陪他站在月台前面等火車。

這孩子一直都是沉默寡言的，沒有什麼表情，也不太接受我們一開始要給他的外套、車票什麼的，問話也不太會回答。不過站在月台的時候，兩個幼稚園年齡的小男孩拿著麵包屑逗著鴿子，追趕跑跳。這少年看著兩個小男孩，露出了一個微笑，那個微笑讓我覺得我沒有幫錯人，甚至讓我覺得這世界為這少年打開了一絲希望。

火車來了，臨別之際，我給了一張我的名片，順便跟少年的隔壁乘客用英文打了招呼。少年坐在座位上，看我沒有入坐，大概才發現我沒有要跟他同行到挪威。我想這個少年是不安的吧，不過他給了我一個微笑，用破碎的英文說著「Thank, friend.」，大概就是那一刻，我才真的覺得自己跟他有連結，之前花了一堆時間在那邊用翻譯比手畫腳什麼，都是盲猜。

這個故事斷在一個奇怪的點喔，不知道你們會不會覺得有點莫名其妙。讓我們回頭檢查一下今天的演講題目：撇除語言的互動。如果拿這個故事當作例子的話，我們可能真的是撇除了語言，才開始互動。正如同給世界一個微笑，就是在還沒有說話的時候，就先告訴別人『嗨！你好啊！』的感覺一樣，你們覺得呢？

今天的演講到此告一個段落，如果大家不介意的話，給旁邊的人一個微笑吧！

偶爾脫稿演出的插曲，
才是青春正盛的證明，
我們無須以違背我們的方式找到自己。

我與塗鴉種子之間，
是導師成爲了粉絲，
也是學生成就了人生，
但願我們揚起時代的大帆，
像是準備掀起巨浪一般。

插曲是塗鴉種子

黑色英雄

歡迎來到塗鴉系列，在《詩泛》中，我以塗鴉計畫開頭，敘說這整本書的核心概念。我將重新揭開過去這五年來我在塗鴉計畫中的旅程，這包含了從 2013 年開始的塗鴉前導計畫至今，但主要會以 2016 年間藝術塗鴉培訓計畫以及那之後的點點滴滴為主要的故事範疇。

事實上，這篇文章是塗鴉系列收錄在書中最新的一篇文章，但我把它放在這個系列的最一開始。2018 年商管與心理學塗鴉計畫暫告一段落以後，暫停了這個龐大的共構計畫，目前仍然算是在執行中延續至今的塗鴉種子大概只剩那年認識的助理派迪。

之所以暫停，一方面是自己開始投身創業時間的壓迫程度顯著上升，二方面栽培種子總是需要一些時間醞釀，也是時候給自己在這五年間的付出一點小憩與驗證的喘息空間。例如考上公務員的孩子、正取第一的諮商師、選秀比賽前五名的選手、獨立影視劇的導演助理。當這群孩子們從種子萌芽，再次驗證了只要持續努力而等待著，我們可以「不做時代的註腳，成為翻轉大時代的證明。」

2020 年因為公司需求，重新與很多學校機構搭上線，進到國高中、大學去講課或分享。在短短半年的期間裡面，我意識到其中一小群人散發出一種異樣的光芒，這類的光芒是屬於我們這種在發掘人才時渴望遇到的，是只要遇上對的人可以成為千里馬的璞玉。這類的光芒不分年齡與性別，也不是科目與成績之分，而是一個人的人格特質與氣場，他們的特質與氣場會散發出一種力量，包含非常敏銳的眼神與堅定的意志。而我在這半年遇到這樣的人，都帶有一些黑色的陰影，作為一個過來人，我尤其明白那是社會文化與體制給這一群人箝制之下的壓抑與焦慮不安。

這些人比以往任何時刻都更顯眼一些，是因為這個社會雖然有著自由民主的體制，卻隱約帶有對異類的敵意，這樣的敵意隨著青年意識的崛起而盛行。在這樣的文化氛圍裡，帶有光芒的孩子們面對到更多的挑戰與危機。而當這群孩子可能無法妥善的找到面對逆境的方法與策略，或是缺乏一個能伸以援手的引路者時，他們不僅會變得平庸，甚至有可能從此沒入社會的灰色空間黯淡一生。

這樣的危機感，讓我睽違許久覺得或許應該趁自己還能做點什麼的時候來改變現狀，我們無法用三五天去撼動『時代』，但至少可以為那群充滿潛能的黑色英雄們『引路』，我相信一旦他們打破社會的框架，將實現不可限量的偉大力量，這也是我一直以來對塗鴉種子們說的，也但願當我們擁有付出的能力時，能溫柔而善良的對待每一位或許正在掙扎，與常人不同的黑色英雄。

2020.06

偶然寫下的散文詩

其實，不太像是一篇散文一首詩，在印尼的周末兩天，一邊養病，一邊追憶。童年時長輩的菜餚，是一盤一鍋溫暖而疼愛的心，他們口中的故事是我們無法經驗的故事。而今，有一種再也嚐不到的口味，即使用著同樣的材料、食譜、分量，卻不得不發現，熟悉的不是味道，是想念。

大學四年裝上翅膀四處飛翔，像是約翰藍儂式想像，第一次到英國、瑞典、芬蘭，燃燒了塗鴉種子計畫；京阪、東京、西安、香港，醞釀的是情感越陳越香；神戶、千葉，劃起逐步國際的學術視野與生涯；第二次拜訪英國，我像是個學者一樣被隆重對待，抵達瑞典承蒙大使接待；新加坡與印尼的見習，即使在台灣已經常常跑學校，但仍然對學校現場的多樣與真實歷歷深刻並驚訝著。

塗鴉音樂的八個孩子，結業，比賽，或許還在賽程當中，或許已經淘汰，有的人在綜藝中無法順應潮流，有的人在批評中開始成就自己，在不同的領域，都令我印象深刻地向著夢想邁進著，也許你們會看到，也許不會，但我還是一句老話，做自己，即使有的時候要脫稿演出，那也是青春的搖滾精神，畢竟，自己是一輩子的。

新加坡的孩子是同時壓抑卻又快樂著，簡單的在這複雜的世界中生存，我仍不算是合格的老師，卻很有幸的在你們的認同中找回教育的初心；新加坡的舍友是擦肩卻未過的緣分，生命像是各自支展的水流，某一個支流與另一個支流交錯，於是展開的就是又一段足以徹夜的友情。印尼的孩子像是錯生的枝枒，無奈的生長，像是雅加達夜空中不多的星星，他高掛，我也牽掛。

在這個荒蕪的世界，可以是墮落的天使，也可以是升天的魔鬼，聖歌敲響的熾熱九月，喪歌埋葬的夏日午後；太陽的夢畢竟只有月亮每天感受，我習慣皺眉與口頭說說，全力推波，再輕輕甩手，雖然習慣是一個人走，多麼努力才不致回頭。

2017.09

普通的詩

普通的一個日子裡
我駕駛著容易淹沒在車海的福特
吃了同樣價位的餐點
喝著原味甜度的可樂
走在普通的街道上面
我陷落在茫茫的都市邊緣
不是一定要戴上假面
只是每張看起來都並不特別的臉
編在一首普通的音樂中間
我試著撰寫不算出眾的小節
放在人生路上背景的遮掩
也做不成一部磅礴的大片
書本字句裡普通的鉛筆劃線
我挑選的句子也不能稱為重點

反覆感觸都無法察覺孤獨跟苦
雖然不認識的作者還是遙遠
我是普通的詩人
我的普通寫成詩篇
我普通的致敬，時間
也差不多了，
我普通的作結

2017.11

無可否的荒謬

文章起源來自我的一個學生。這學生跟我一樣覺得自己身體住著一個老靈魂。不過在我看來，他仍有如影隨形的赤子之心，這是非常非常可貴的。幾個月的培訓計劃裡面，我們一起寫作的許多詞曲作品，絕大多數都沒有也不會問世，因為當少年要走進音樂市場生存，音樂就不再只是生活的調劑品，而是需要層層闖關才能競爭才能存活的精神糧食。就好像蘇打綠的燕窩：不曾為你端出檯面是我心血。我許久以前就淡出了音樂領域，但願學生能不忘初心，以一個赤子之姿漫步向前，面對這個世界無可否的荒謬。

與他同期的其他幾個孩子也各有前程，我從他們的導師慢慢變成了粉絲。這樣的轉變與觀感，我想也會出現在每個人生命歷程中的片段，從沒沒無聞認識起的那個人或那些人，有朝一日會成為煜煜發光的明日之星，你會為他們慶賀感動，也會在他們被公眾輿論抨擊挑釁時，同感惴惴不安。而當他們長成足夠強壯時，你也不再能夠與他們像當初那樣，連續三天不睡覺為了寫一首歌，或是彩排十個小時只為了一組十分鐘的現場表演。

平常我每次上課都是星期三晚上到凌晨，他常常都是無懼一整天訓練下來，最準時坐在小教室的學生。我們一開始很少聊音樂，反而聊很多電影、調酒、感情問題，直到有一天靈感來了，我覺得跟他聊的種種已經型塑了我對他的音樂形象，於是開始找他打造音樂作品。

有趣的是，我們竟然沒有什麼需要磨合的地方。在教學上，我是一個嚴肅不偏題的教師，他是一個動不動就扯開話題的學生；在生活上，我偏好狗他鍾愛貓；就連偶爾吃飯要先吃菜還是先吃白飯，他也可以就我們習慣上的不同長篇大論。可是在做音樂的時候，我們出乎意料的有默契，那是我覺得人生裡面同時最有樂趣又充滿成就的一段時間，而我慶幸在許久以後的最近，慢慢又找到了相似的感覺，不過那是後話了。

2018.12

無可否的荒謬／K square

蜻蜓　輕輕划過水面
激起的漣漪　就足以吞食半個海岸線
原來　只是一點點誤會
就可以改變某一個人的世界

書籤　夾在二十年前
泛黃的回憶　全模糊到像是一個謊言
原來　人們說了原來
就已經失去曾擁有過的從前

人們以為　這是個宿命的輪迴
還好是你　來走慢了我的時間

無可否的荒謬

沒有誰拉扯誰的衣袖
後來的天空　經歷過大小雨後
也許會有　那久違的彩虹

呼吸　漸漸呢喃自語
起伏的情緒　都逃不過心理的誠實聲音
原來　歌詞只寫一句
就不能逃避每次副歌裡的你

人們以為　這是種奇妙的能力
偏偏是你　被通緝還如此得意

無可否的荒謬
沒有誰拉扯誰的衣袖
後來的天空　經歷過大小雨後
也許會有　那久違的彩虹

無可否的你我
存在著就像駱駝與沙漠
寂寞也不說　只是默默地等候
偶然相逢　那陌生的問候
也許會有　那無可否的荒謬

2018.12

你愛吃甜我愛吃酸

摘下一片遮蓋秘密的樹葉
加幾滴回憶慢慢慢慢釀成了疤
你惴惴不安的那幾個夜晚
我捂耳聆聽吹雪的風呢喃
獨酌一杯
三分微醉
六成眼淚
還剩下一許空間留我獨自纏綿

那時的我們像是河圖上散落的點
沖散你在彼岸相望的回眸
決絕的情緒目光如剪
還有至此陰陽相隔誰奈何連成線
雨一直下

紅塵濫觴
順緣而眠
任我如何緬懷過往都難抵一晚孟婆湯

許久以後我們相約蘇堤湖畔
百花盛放的春是簫笙齊奏
仍阻止不了我們遇見
那一幅古畫證明了我們三世之前
淡妝濃抹
前後擦肩
只怪那些年
我愛吃酸而你愛吃甜

2018.07

連傷感都是奢侈的

寫了《無可否的荒謬》一文之後，另一個學生悄悄的發了訊息來抱怨我的偏心。其實我已經花了很多篇幅在寫這一系列的計畫，這些總體而言被我稱之為塗鴉計畫的，一種渴望改變世界的行動宣言。這個愛吃醋的孩子是個活潑可愛的過動少年，喜歡學習各式各樣的東西，喜歡努力練習，喜歡給世界一個微笑。在培訓的過程中，我偶爾也會老實的告訴他，雖然笑容很容易讓人留下深刻的印象，但當下累積的經驗是不夠的，即使照著培訓計畫的強度與內容，也至少還要兩年才能有發光的機會。我覺得這番話對一個正值成長的孩子來說有點等不及，但可能是他太尊師重道，所以就真的這樣沉寂了兩年，然後真的照著當初的規劃持續的在經紀公司裡做訓練。兩年之後，站上國際舞台獲得了不錯的成績與關注，漸漸把努力轉化為光芒，用一個漂亮的姿勢投進了演藝圈的大水缸。

我常常跟他們說，相較於聰明與幸運，還是努力才是最值得稱讚也最有稱讚意義的付出。林懷民老師常說：你現在不去努力看看，你永遠也不知道你喜不喜歡，就算失敗了又有甚麼關係，有什麼是偉大到你不能重頭來過的？如果有看過《詩泛》的讀者可能會讀到其中一段是我的學生哭著問我怎麼樣才能變的與眾不同，這個人就是今天這篇的過動少年。我當時說：你本來就是與眾不同的，為什麼要變得與眾不同？你只需要做好自己，然後告訴世界你的與眾不同就好了。

很久之後，有越來越多的比賽節目或舞台，有各式各樣的音樂性、表演性各式各樣的藝文選秀節目。我很喜歡在提到這些學生的時候，告訴他們成就來得快去得也快，那些運氣是其他人的，可是努力是自己的。研究星系光譜的團隊發現宇宙的顏色是一種介於淡黃與米白之間的顏色，根據某本冷知識的書，研究員們希望這個顏色被命名為宇宙卡布奇諾，可是因為計畫的負責人喜歡拿鐵，因此這個顏色最終被命名為宇宙拿鐵。

也許宇宙的顏色對我、我的學生，以及各位讀者而言不是什麼重要的資訊，但是對一直探索宇宙的科學探究者們，卻是很偉大的發現。但有時候民主的投票方式無法勝過獨裁，但最終宇宙拿鐵也與英語為牛奶河的銀河相得益彰，究竟誰對誰錯誰好誰壞，不在環境，只在自己而已。

再次回到這個過動少年，過動少年最近常常推給我一首歌的各種版本，起因於當他在比賽舞台後獲得關注開始展開他正式的演藝生涯，我跟他說，當你真的把興趣放進了工作圈裡，你就要做好一些心理準備，有些時候要為了在這個圈子裡活下去犧牲一些，有的時候你會被那些自認為關注你為你好的人逼得喘不過氣，有些時候你會承載不是你年紀所應該承載的壓力，但眾人都會告訴你這就是你的選擇，於是你只能漸漸把這一切打包，收進心底假裝沒事，然後連自己哭自己笑的機會都逐漸稀有，如果到那時候你仍能保有你的興趣，那或許你會獲得空前的功成名就。

在語音電話裡一起聽這首歌時，學生問我：「老師你知道我最喜歡這首歌裡的哪一句嗎？」雖然我心裡有兩句詞難分軒輊，但數到三我們還是異口同聲地說出同樣的詞，相視而笑，卻笑得無奈，或許正是因為這句「連傷感都是奢侈的。」

2019.02

所謂單身所謂愛戀

二十歲
是只能擁有一次的季節
黃金雨是等待的情書
鳳凰花是追尋的偶像
而你哪有那種閒工夫
不聲不響，又不念不忘

她坐在他的機車後座
她們也曾坐過
他們是他的朋友
他只是她的酬庸

過了很久證件上配偶欄位仍然空白
她為了他學會打架喝酒抽菸

她又為了她從此進了黑社會
他與她們泡在卡拉OK
打算拿一輩子去換桌上的古柯鹼

愛情墳墓的大門
至今仍然只開一扇
另一半是空洞的悲哀
另一半是無奈的等待
而妳搬去異語的國度
不笑不哭，又不聽不說

她在事後床畔聽見秒針走動
那支錶不是現在這個他所送
電視裡藍天綠地的風景節目
他與她只顧著將涼的咖啡與過去的歡愉

咖啡館的隔壁住著一個老中醫
她保險的受益人是她的伴侶
她卻無法在她的急救單上簽名

會議室的裡邊聚著年輕人一群
他們看著棋盤吃著綠豆糕回憶
忘了自己的姓名
繁體寫成簡體

等我終於退休了
蔣介石與毛澤東都不再交替
我為他們與她們朗讀一本張愛玲
偏偏裝睡的人最難喚醒
新鮮的空氣吹不進陳腐潮溼的心理

2018.12

酒漬

我摘下綑綁了一天的手鍊
那是一串來自南洋的石榴香氣
我調製了一種龍舌蘭
那是由好幾種不同的龍舌蘭相混而成
你說，
我該命名他為單純
或是複雜呢
每次啜飲的時候
是啊
總會想起
　杯子裡裝著的
少了笑和眼神的你
還有犯罪成癮的曾經
那肩並肩靠著的

緊繃情緒
是啊
我哼起一段右手點名
黎明將近
或著是受刑
或著掄起劊子手的罪行
滴答，
落下雨水眼淚汗液污穢與血腥
氣味混合在琥珀的結晶
結晶鑲嵌在針葉的木枝
木枝雕刻在午夜的情緒
情緒，
有一滴酒漬落入身體

2019.03

韶光

什麼時候我們連夜闌人靜也難以寫詩
是個風吹的晚上
我想是晚上了吧
這一刻沒有窗
沒能夠確認向晚與夕陽
在黃色的房間靜坐囹圄
換白色的房間揮灑渴望
有人說做選擇的時候要看著天空
我卻總是被交代要現實踩踏
人們裝上翅膀然後偷偷拆掉
這才發覺會飛也沒什麼了不起的
我們不是要變的與眾不同
而是要在喧嘩裡還能喃喃自語
而是要用自己的夢與別人追逐

而是在天空灰色的時候
不談晴朗
卻心有所向
我們等待
然後失望
然後等待
然後癡傻

2019.09

橘子田

這大概是塗鴉系列的最後一篇文章，塗鴉的演藝圈計畫至今為止已經將近四年前（2016.03-06）的故事了。大概唯一念念不忘的人只有我吧！第一篇文章寫在 2017 年，那時候結束培訓計畫大約一年，開始陸續有幾位學生沉潛的差不多了，在海內外不同的舞台上初試身手。第一篇文章寫自己從導師變成粉絲的轉變心路，想起當時那篇文章，總覺得還有一段可以寫在這個地方：

「生命像是一長串的劇本堆疊，命運為你的每一幕都編了場景與劇情，作為一個好的演員，就是爭取在任何一個劇本底下，能無愧於心的演好每一個角色；人生的每一個片段都會有輸贏跟評價，可是輸贏跟評價是一時的，自己卻是一輩子的，誠實面對自己，即使有的時候需要脫稿演出，那也不是什麼青春叛逆，而是實踐自我的搖滾精神，畢竟，我們都只活一次。」

這段話也是我後來時常提醒自己的話語，看他們一個一個做出比自己能實現的更好的成就，總覺得那時候的賣力與付出都很值得。其實，這樣的培育模式並不少見，隨著選秀節目與實境秀崛起，越來越多的資金流向所謂偶像明星養成類節目，節目中的製作方、導師、學員、觀眾各取所需，是不是共好我不確定，但挺現實的，每個尚在養成的人都已經是市場裡的商品。於我而言，就跟還在上國中就要跟大企業提案的感覺。

對經紀公司而言，一百個人裡面只要培養三個五個流量偶像就回本了，其他人嘛！生死無關。在塗鴉計畫裡的孩子，各有所長，就我所知，其中幾個不意外地走向了音樂圈，有的進入影視圈，有的成為幕後創作者，有的回去就學，有的還在沉潛。

橘子田其實是我自己幫兩個學生取的組合名稱。我們就姑且叫做橘子跟田吧！橘子田的兩個人其實個性滿不一樣的，橘子比較冷靜鎮定一點，田倒是比較人來瘋又調皮搗蛋，不過卻又比橘子懂得看臉色說話，計畫剛開始的時候，就發現他也是個有故事的少年。每個人總是因為有了深刻的故事，才展現出鮮明的另外一面。

我記得在結訓的最後幾天，我讓每個學員上台去分享他未來想要完成的事情。那時那個你愛吃甜我愛吃酸的孩子，說自己只要有朋友有酒有音樂就好，橘子想要讓自己變成一個更好的人，田想要扛起自己的家庭。我想起季琦在他的創始人手記寫說，夢要做的大才有可能實現。有的時候夢做的不夠大時卻獲得太多，反而會有壓力，諸如媒體的放大，觀眾的眼光，他人的評價，種種種種的。我為橘子田寫了一首歌，從來也沒跟他們講過，本來還想說有朝一日如果緣分到了可以給他們合作一下，總之就先把這首歌，放在心裡吧！

許久以後或許我會拒絕承認，
我也曾經有過像這樣的青春，
但無論時間如何流淌，
終不會改變詩酒的年華。

家書與我之間，
是一個與你們年齡相仿的少年，
試圖在尚未產生代溝之前，
用五六拍節奏說的同儕八卦。

五六拍子家書系列

這是一篇自 2016 年開始的系列文章，每一年裡我都挑選一個當年度我寫下的主題，成為我想要對我未來的孩子說的話。嚴格來說，滿十五歲的那年、滿十八歲的那年、滿二十歲的那年，並沒有什麼特別的不一樣。如果刻意回頭檢視自己成長至今的腳印，或許可以說有這麼幾件事情我應該在撰寫家書之前，先來回顧一下。

2010 年，滿十五歲那年我進入了建國中學，一間從日治時期就擁有歷史的學校。我常常說，我其實並不喜歡「如果當初怎麼樣，我現在怎麼樣」的這種說法。但進到建中也確實成為我展開慕光羽錄的寫作之旅。隨後的三年裡面，對後面最大的影響，大概就是認識到許多奇葩怪傑，出版了第一本書，混入學運圈，最後奠定了自己走向教育這條稱不上理想也不太現實的方向。

2013 年，滿十八歲那年我進入了師範大學，這間大學本身並沒有像當初建中對我有那麼大的衝擊與震撼。或許走進學校的那時候我已經決定好要往這個世界奔跑了，四年時間與不同的團隊飛越了山河大川，走訪世界各地。大學畢業那年，我已經是教育部數個部會的委員，雖然許久以後，我總是跟大家說：真是不好意思還是沒阻止教育往這麼可怕的方向發展。也是在畢業的那個月，我收到美國格理集團的人事部門邀約，在幾次的對話之後，成為美國格理集團亞洲區的教育顧問。

2017 年以後，我花了一年半的時間完成我的碩士學位，又花了半年的時間完成我的兵役，當然也沒停止在世界各地走跳的步伐，最後一次前往印尼的時候，奠定了我的教育創業 MOI Education 的雛形：台大清大不如膽子大，碩士博士不如會做事。於是我一邊做研究的同時，一邊展開我的創業計畫，這個時候，建中的奇葩怪傑、學運的革命夥伴、大學的國際團隊，以及被各種奇怪的磁場與引力帶來的朋友們共同集結成這間公司最一開始的樣子。嚴格來說，也是這一年我才真正想到，有一些東西是這個年紀我認為值得告訴孩子的，即使未來許久以後，我可能不會再承認我說過這樣的話。為了避免以後我成為那樣反覆的老人家，我狠下心來把我想要說的話整理成家書，準備未來給我的孩子看看，這六年我每一年想要告訴他們的心路歷程。

2020 年底，勉為其難從疫情生存下來的公司在兩次股東會之間遇到分歧，過後不久，我會正式的提出我的辭呈，完成作為這間教育設計公司創辦人暨執行設計長的角色，但那不是本書預計收錄的範疇，即使也是「詩趣」的一種概念延伸，但就日後再說吧！

2021 年的今天，是慕光羽錄暫告一個段落的時節，我二十六歲，人生的一個大季度也在這個年頭過去。但願我寫下的這六封家書，有朝一日被我的孩子們翻出來時，我們的世界與生活都仍如此的平安快樂。對了，順帶一提，我已經想好如果是兒子的話，大兒子的暱稱是 Biang3 Biang2，二兒子的暱稱是紹子，女兒可能會是暖暖，可能不是。

初稿寫於 2020 年 07 月截稿日
2021 年 03 月新修稿

第一封家書：那些與有用無關的事情

我猜想你們身處的世代大概會是數位化發展到一個轉捩點的時候，我想跟你們介紹一下我的世代。我身處的世代是一個一切都要談用處的世代，我總是想起很久很久以前我與父親的對話：

父：你有想過你未來要做些什麼嗎？

我：可能會寫作吧！

父：別開玩笑了，寫書有什麼用啊？能養活自己嗎？

我：不一定啊，也是有很多職業作家嘛！

父：開什麼玩笑，你知道那個機率有多低嗎？

我：搞不好我是那一個嘛！

我爸以非常不以為然的冷笑結束這段對話。雖然之後幾年我沒有變成職業作家，但我也出版了幾本書，這陣子也正在編寫教育專書。但我總是會想到，關於有用與沒有用到底是什麼意思，我又應該怎麼做選擇。這也是我想要當作第一封家書跟你們說的事情。

最基礎的用處，談的是有沒有「經濟上」的用處，有沒有立刻可見的「效果」，這是我所身處世代強調的，我所說的世代，恐怕不是這幾十年而已，也許從文藝復興之後，尤其是工業革命之後，我們就慢慢營造起了如今這個功利主義的時代。雖然我沒成為那一個稀有的職業作家，但應該可以向這個功利主義的時代，提出一個自由意志的宣言。

說起非得想談談這個議題的緣起，是與另一位高中朋友有關，認識這位高中朋友至今，我們不曾有過什麼爭執與討論，讀數學系的他，有幾個月的時間都跟我在爭執所謂數學就是源自於生活，還是源自於想像，又或是說，至少從近代的純數學開始，我們是否可以說數學擺脫了現實，進入純粹數學架構的領域？姑且不談們各自的立場為何，但從數學是否必須從「用處」來進行思考這個方面來看，我想起美國教育家亞伯拉罕．弗萊克斯納所引的一個故事，不妨節錄並改編一段有關數學與科學的討論在此：

> 碳化合物的研究本身是無罪的，他為人類帶來了許多有意的結果，例如讓硝酸對某些物質的作用明朗化，不僅催生了利益可觀的苯胺染料工業，還創造了硝化甘油。
>
> 問題來了，硝化甘油的好處和害處一樣的多。接續這些實驗，阿弗列德．諾貝爾證明，只要將硝化甘油混和其他物質，我們就能在可操作的情況下，進行一場結結實實的爆炸，如果你們還沒接觸過的話，也就是製造炸藥。炸藥不但讓我們的採礦技術突飛猛進，也讓我們

能夠開鑿鐵路隧道，使得今天的鐵路可以穿越阿爾卑斯山和其他山脈；但我們也知道，政客和軍人如何濫用了炸藥。

我們無法因此怪罪科學家，正如同我們不能指責科學家引發地震和水災一樣。毒氣瓦斯也是一樣。大約兩千年前，老普林尼因吸入維蘇威火山爆發時所釋放的二氧化硫而死。科學家分離出氯，或是合成芥子毒氣，也不是基於戰爭目的。

還有，我們原本大可只保留這些物質良好的作用，但是當飛機的製造技術日益精進，那些心靈中毒、頭腦混濁的人們，便把腦筋動到飛機這項本身無罪的發明上，察覺到科學不問利益長久努力的成果，可以改裝成製造毀滅的工具。然而，無論當初是誰，作夢也想不到會有這樣的結果。當然，直到我們今天，反而變成了無論科學製造出了什麼，都會有一群人認為沒有救了的極端立場。

在高等數學領域裡也不乏類似的例子。比如，十八、十九世紀在數學上最複雜的發現，首推「非歐幾里得幾何學」；然而，它的發明者高斯儘管在當時被譽為無人能及的數學家，卻在長達四分之一個世紀的時間裡，不敢發表他在「非歐幾里得幾何學」上的研究成果。

從後來的事實觀察，如果沒有高斯的研究，相對論根本是無法想像的，更遑論應用相對論而產生的那些數不完的實用成果了（不知道道你們這個時候，量子力學跟宇宙學的發展，人類究竟是進步還是退步了）。這正是我們的知識發展，從現實生活中產生的，而不是學術推論出來的，每天都會有人在對他的起源一無所知的情況下使用到它。

機率的計算其實是數學家想把賭博合理化的結果。雖然他們沒有達成原先設定的這個特殊目標，他們的研究卻為保險合約提供了科學基礎，十九世紀物理學的各種面向也幾乎由此而生。

總而言之，這個故事的重要結論之一，就是真正有價值與意義的任何「理論」（或只是單純的「概念」）並不需要，甚至常常不應該是從尋找「用處」出發，而是純粹由對智慧、知識或真理的好奇而出發的行為，那個研究或探索的過程，就是他本身所欲達成的目的。

換句話說，無論這些發想跟研究最終能否具備任何實用的價值，我們都不應貶抑那個研究者或思想家原本初始的想像的價值，因此，我們應該駁斥那些以「實用用處」為評價標準的觀念，當然，這麼說不是否定我們必須要「屏除實用價值」，而是好，沒有也不會不好，不以實用價值作為標準，也就是說，實用價值這一回事，又當然文學之所以為文學，正在於他不需要計較用處與利益。同理，任何沒有實際用處的價值，也絕不亞於有具備實際用處的價值。

有另一個議題也可以從這個故事展開，不妨再看看前面有關科學的段落，我想到的是，竊取（雖然是事實，但美其名的說法是借用）前人的理論與構思，所製造出來的種種用途，這些後者都應該感謝，或某種程度上是歸功於前人，無論那些用途是拿來經世濟民匡扶社會或是恐怖攻擊殘酷屠殺，無論如何，他們能達成他們的目的，是源自於那些前人所打造的基礎。從這樣的角度想一下，我真心覺得低頭族的網路成癮這些問題不能歸咎給智慧手機、賈伯斯或是任何一個發明家，因為這個社會的價值就是在於這些自由意志的呈現，沒錯，他們都將自由意志呈現出來了。也許在這我需要將自由意志的議題持續擴展，但那也是後話了。不過，至少從短短的這一封家書中，我希望當你們遇到這些問題時，無論是他們說為了有用而去做什麼，或是因為沒用而阻止你們做什麼，你們都可以重新思索無用的價值以及實用的價值，這正是可以反思功利主義作為社會的核心地位是否仍舊適當的時候，當然，我也希望到時候你們或許不用再苦惱於被功利主義束縛的生活著。祝好。

2016

第二封家書：畢竟，我們都只活這一次。

嗨，親愛的孩子們。寫這篇文章有一點偷懶，因為這篇文章大致上也可以從即將出版的《詩泛》翻到，而且嚴格來說，還是那本書的第一個篇章。去年的家書從我跟我爸討論寫作能不能養活自己開始。今天我想跟你們分享我做音樂的故事，這個故事是我從來沒有真的拿出來討論過的。

高中的時候，透過身邊的奇葩高中同學們，我認識了許多有頭有臉有實力的音樂圈前輩。我抽空甚至有時候翹課去看他們練團表演，有時候也跟著練幾首吉他或唱歌。如果你們發現自己的嗓音條件還不錯，那大概是我們一家的音樂基因都還不錯。後來我接了一個地下樂團，也做了一些演出，有了演出的費用，我也多了些存款於是緊跟著開始投資，關於投資，我還不確定該跟你們聊什麼，所以未來幾年，如果有機會，我再跟你們好好說說。

大學以後，我因為樂團的關係接了幾個學生，其中兩個跟我學習音樂創作跟樂團經營，說實話雖然我也自認為是一個音樂人，但是要教別人真的是挺心虛的。所幸我有很堅強的團隊持續推著我進步，也遇到了很優秀的學生可以與我教學相長。差不多的時候，也是我第一次要帶團前往西北歐兩個月的移地交流出發前夕。在歐洲的那段時間，我再度被許多音樂文化衝擊了自己的視野。那是我第一次去歐洲（是啊，第一次去歐洲我就去了兩個月，所以孩子們以後千萬不要因為沒做過所以框住自己），原本因為投身教育而冷卻的音樂魂又彷彿被點了起來。

不過回到台灣之後一切又回歸了原樣，我忙我的事情，因為當時的工作與生活，避免不了的講話，長長的工時，都讓自己無力磨練音樂的能力。直到之前積欠人情的一個經紀朋友拜託，接了一個為期四個月的演藝培育計畫。這也就是我後來稱之為音樂塗鴉的重要計畫。目的是為了培養從兩岸三地來的學生在音樂、演戲、編劇等等泛指幕前幕後娛樂演藝事業的項目。那是我第二次接到音樂面向的學生，這次讓我卯足了全力去推進這個計畫。而塗鴉的概念也將不僅在音樂領域，而是在世界各地生根發芽。我相信在你們看這封家書的時候，一定已經有許多此刻的種子們，在音樂、心理、教育、新創等各式各樣的地方發光發熱了吧！

每次想到塗鴉計畫的時候，我又會想到自己在第一本慕光羽錄引用賈伯斯說的話：活著就是為了改變世界，難道還有其他原因嗎？塗鴉種子，正是因為我隻身的影響有限，但如果有一群人一起擴散，遲早有一天，我們會在宇宙中留下印記的。

當時的四個月過去的很快，結業的時候總突然覺得有這麼一點空虛。我記得有一次其中一個少年一邊哭一邊埋怨，他覺得已經很努力想變得與眾不同，為什麼就是沒有辦法。我說，特色不是從外面學來的，你本來就是與眾不同的，不要活在世界給你的框架裡，活在你自己的生命裡。這番像是沒有太多具體內容的話語，也不知道他們是否理解我言不及義的表達，時隔一年，在他們的生命故事裡以不同的形式成為向世界宣言的決心。這段時間，我成為了螢幕前每週每週追著他們節目進度的人，從導師轉變成粉絲的這個歷程，又是欣慰又是唏噓，少年出師開始燦爛，而歲月荏苒追不上時間漫漫。

作為一個老師，其實是孤獨的，因為學生來來去去，而你還是站在同樣的崗位。可是最大的感動就是看著自己的學生，不用走著我的路，而是在他們的生命當中找到自己的方向，走上只屬於自己不可被取代的路，更重要的是，在這條路上，還能為其他人的夢想留下了位置。我忽然意識到教育之道無他，確實正是愛與榜樣而已。這也是我希望你們知道的，沒有一個孩子可以照著父母期待的道路走，但需要找到屬於自己的意義，找到之前，都不需要焦急妥協，聽聽自己內心的聲音。

我想起最近發生的許多事情，看到幾個塗鴉孩子的身影，我也想起當時感慨而來的那段話，其實有的時候，我說不定真的還沒有比他們表現得更成熟也不一定。之所以選擇以塗鴉種子計劃作為出版《詩泛》的第一個章節，正是因為這個計劃象徵著詩性而廣泛的想像，也是我試圖努力成就的一個未來世代的證明，而這個少年起步散播的力量，正是我們向前邁進的堅定步伐。

或許這段話在你們未來生活的某時某刻，也會像對我與我的學生們一樣有所啟發：

『生命像是一長串的劇本堆疊，命運為你的每一幕都編了場景與劇情，作為一個好的演員，就是爭取在任何一個劇本底下，能無愧於心的演好每一個角色；人生的每個片段都會有輸贏跟評價，可是輸贏跟評價是一時的，自己卻是一輩子的，誠實面對自己，即使有的時候需要脫稿演出，那也不是什麼青春叛逆，而是實踐自我的搖滾精神，畢竟，我們都只活一次。』祝好。

2017

第三封家書：我們盡力而為，繼續等待。

嗨，孩子們。不知不覺又是一年。今年跨年的時候，我沒有去看煙火，卻也在煙火與人們的歡呼聲中度過了這個年末與年頭。時間是如此巧妙的存在，幾秒之間，眾人歡呼雀躍，煙火滿天。幾秒之間，回顧已經成為回憶，人們也已無從選擇的進入下一個年頭。關於時間，一直是我長久以來認真鑽研的項目，時間是即使連世界上最聰明的一群人都所知有限的東西，這也讓時間對我越發迷人。或許我會有機會在生活中跟你們說這些，或許不會，作為一個時間顧問，如果說有些什麼建議給你們，我希望你們把握時機，一旦下定決心想要做什麼，就勇敢跨出第一步，立刻，馬上。

這封家書不是一次寫完的，在這年總共分了三次才慢慢寫出這封信。因為總覺得生活當中有很多事情紛雜而難以爬梳，盤根錯節卻又無暇整理。去年，我在三月去了日本千葉，回到台灣不到一週又飛往瑞典與波羅的海，六月又旋即趕往新加坡展開兩個月的實習教師生活。九月前往印尼雅加達參訪學校與企業，那後來成為了我創立 MOI Education 的觸媒，十月再度前往日本神戶參加研討會，也回了一趟山東老家。

說起山東老家，就不得不提起當時我仍在新加坡時，只剩兩天就要回台灣的時候，收到老爹的訊息，告訴我爺爺走了。這件事大概在我心裡一直難以消化卻硬生生的藏在心底不說的一塊。爺爺走的那天，竟是只有我一個人沒能陪伴在左右。隨後回到台灣，後事暫告段落，本想好好沉澱自己，又啟程前往印尼。

我一直有想著把爺爺，也就是你們的曾祖父，寫成一篇文章，卻發現自己怎麼樣都難以下筆。我曾經寫了一首散文詩，曾經發了幾篇短文，卻遲遲無法彙整思緒。想起許多爺爺過往的故事，在下雪的山東玩耍、隨國軍撤退來台、在台北台中奔波辛苦工作、在師大遇到的酸甜苦辣，退休之後，爺爺每天都會為我準備水果，從我有印象以來，每天都是兩顆蘋果兩顆芭樂左右的份量，各種水果隨著季節還有所不同，直到那年我啟程前往新加坡。

家庭裡的感情，大概就是這樣的。只要心頭有事未了，我便無從能夠找到一個無人的地方打開回憶。我趁機看了自己的社群媒體，看到以往認識現在幾乎沒有來往的學生、一起共事互相學習的研究室夥伴、這一年凡諾荷工作室停牌，MOI 卻正要啟航。我總是想起在新加坡時，我與我的夥伴老師的一席對話，我說：但願未來我也可以像老師一樣，這樣熱愛自己的教學，為自己的學生著想，讓學生體驗到我對課程與學生的在乎，能夠為教育帶來改變。梁老師只回了我一句：我們盡力而為。

後來漸漸忙於籌辦公司成立的種種，帶著助理木魚去參加創業者聚餐，我跟他們說：「我的做法畢竟還是跟大部分的初創企業策略不同，風險很大，而且最近動能也不是太理想。」另一個認識好幾年的前同事笑說：「哎呀，你是誰啊，有你在公司就不會倒啦，也難怪動能不理想。」我說：「恩，我知道，我知道我在就會盡其所能的不讓這間公司倒，不過，也許我一個人可以支撐這間公司不倒，但要改變教育環境，卻需要整個團隊的力量才有辦法實踐。」這句話或許嚇到現場的其他人了，他們用了一種很誇張的神情，然後整個對話突然沉默了大概八秒鐘的時間，很奇妙。

不知道讀到這裡的時候，MOI Education 是不是還存在著。這是一間充滿實驗性質的教育設計公司。如果倒掉了，我也並不意外，而且我相信無論如何我與我的夥伴們，都會汲取失敗的經驗，成為以後未來成功的基石。所以我也希望你們可以知道，失敗並不可怕，害怕失敗而不去做任何嘗試才是最可怕的。

還記得我在這封家書提到的時間顧問的建議嗎？我跟你們，也跟所有人說，最重要的第一件事就是立刻馬上行動。這封家書的最後，我想給你們的第二個建議是，繼續等待。這個世界絕對不缺少機會，你的立刻行動也不會馬上成功。發揮真正的時間價值，是持續累積自己，持續向前邁進，在時機成熟與機會來臨之間，繼續積極的等待著。祝好。

2018

第四封家書：不要讓你的承諾變得廉價。

嗨孩子們，這是二十四歲的時候，老爸寫的家書。有鑑於我不太曉得到底什麼時候有機會真的第一次見到你，所以我想把我對生命的觀察，那些最重要的幾個部分，花一點時間告訴你，如果這些話對你有幫助，那也挺好的，如果沒有，那就當作是當時也許已經年老的我，對自己人生回過頭去看時，那些閒言碎語吧！

這要從我媽說起，她曾經跟我說過很重要的人生教誨，讓我奉行至今的準則是，「君子重承諾」。所以我很重視承諾，不會輕易答應任何人的任何要求，這也包括我自己，所以我想也許我可以用幾個故事來說說承諾這件事情為什麼如此的重要。

我十七歲那年，我老媽答應我要在我十八歲那年戒菸，就這樣一路拖到二十四歲了，菸也許減了，卻未曾戒掉。這當然是未完成的承諾，即使到今天，兒子我依舊還在等那遲到了六年的承諾什麼時候會實現。或許反過來想，作為一個兒子，很多時候我也沒有辦法時時刻刻的陪在老媽身邊，因為這樣，在戒菸上缺少了一些動力，雖然這個承諾力有未逮，但漸漸改變的那份努力又哪裡是我看不到的。

所以我想說的是，你會遇到一些人，也許是我，也許是任何人，他們會承諾你答應你一些事情，他們也會努力去嘗試，可是也許他們不會如你預期的那樣交出你心中一百分的成績單。我希望那個時候你可以寬容，可以理解，可以體諒，甚至可以反過來提醒自己，不要用自己心裡的半張地圖揣度整個世界。

我十九歲那一年，跟數個朋友們展開了一場為期兩個月的歐洲之旅，我們做了很多募款，很多計畫，很多提案要去實施，但那些都不是定案。當時計劃裡的事情，最終有很多我們並沒有實現，而也有很多我們意外的經驗與收穫。這件關於承諾的事情，說的是你要有智慧地答應別人或是提出請求。我們也很有可能成為那個答應了別人最後做得不盡完美的人，所以我們理解自己能做到什麼，在一開始就為這個承諾留下空間，這個空間不是犯錯的空間，而是換取經驗的時間。當然，凡事總有例外，總會有那麼幾件我們答應了最後沒做或是沒做好的事情，那時候，請直球對決，告訴別人你最終沒能完成它，孩子，我並不是說那是認錯，但事實是你無法完成這件事情，而你要承認。更重要的是，面對同一種人，同樣類型的事情，要更審慎地去評估，更審慎地去決定，你是否能夠而且想要承諾。

這就說到我二十二歲那年，去了一趟印尼回到台灣，開始著手成立老爸我此刻正在經營的教育公司，不知道你出生的時候這間公司到底還在不在。我們邀請了好些夥伴，在第一次開籌備大會的時候，我就曾經開門見山的告訴大家這間公司是在做未來建構的公司，在教育這個領域上，我們也很有機會賺不了錢，但我既然決定做了，我會希望盡我所能把想要透過教育公司完成的事情，做得無愧於心。你也許會問我，幾年過去了，我是不是還無愧於心。

是的，老爸我還真的無愧於心。這兩年，有些人來來去去，有些事情諸多波折，有些計劃走走停停，有些活動反覆改變。雖然很多細節的部分一直在變，也有很多次的活動並非理想，但老爸我創立這間公司到今天，也許動搖過，卻從未後悔。

在第一批跟我一起創業的夥伴中，有幾個人因為理念不同最終各自走向了不同的路途，有幾個人用自己的方式關心著公司，有幾個人一路這樣跟我打拼到今天。後來也陸續有不同的夥伴與朋友因為認同、因為感情，支持著公司能夠持續營運下去。而這中間，有幾個老爸的朋友，因為不重視自己的承諾，而漸漸與老爸我越走越遠。

這裡面有一個朋友是老爸第一本書裡寫過的人，那時候我還只是個高中生。我參與了這個朋友很大一部分生命改變的歷程，從一個悲觀負面內向的孩子，漸漸成為了一個活潑開朗的人。他是我重要的朋友，但卻是我在創業的過程中第一次感受到承諾是如何變廉價的。當一個人反覆反覆反覆不斷的答應你的事情被打破，你最終只能夠不再要求他任何事情，也不再反過來給予他任何承諾。

這是我要告訴你的重點，不要讓你的承諾變廉價，這樣有一天你會像老爸的這個朋友，失去對方的信任，而一旦你不再被相信，你在這個世界存在的價值就會逐漸地被淡化。而這個承諾不光只是對那些你覺得重要的人，因為這個世界的語言是會互相傳遞的，你要知道你的承諾應該對任何人都是有價值的，而那些你重視的，你可以努力讓承諾更有價值，但絕對不要失去你對任何一個承諾的重視，因為有第一個不重視，很快就會有之後的第二個，第三個，直到你成為一個內心裡對承諾與信任冷漠的人。

還是二十二歲那年，你的曾祖父，也就是老爸我的爺爺過世了。爺爺生病的時候我還在台灣，走的當時，卻只有我還來不及從新加坡趕回去，這件事我在去年的家書已經寫過了。一直到現在，許多因為爺爺走了之後而產生的改變，我都在慢慢消化著，倒是我希望我離開的時候可以雲淡風輕一點，揮揮衣袖就好。回到老爸我十七歲的那年，出版第一本書的那年，也是你的祖母答應我要戒菸的那年。那年我的爺爺正要邁向九十大壽，過了九旬，我總覺得爺爺心裡一定有許多在那個年歲我們感受不到的思考與想法。

這段日子我時常想起我爺爺，在想如果是我爺爺還在的話，許多現實生活中的事情他會希望我怎麼做。後來我才發現，這世界上許多人看起來如膠似漆甜言蜜語，也很有可能只是一般過客。這也更讓我知道了你的承諾不應該因為親疏遠近而有所不同，反過來想，別人對你的承諾，也不會因為親疏遠近而有特別的意義。畢竟一生來往，最後或成分道揚鑣，還是因為這些自在個人心中的承諾而已。祝好。

2019

第五封家書：應該與不應該都聽自己的。

嗨，孩子，老爸寫這封家書的時候已經二十五歲了，明明前後才沒幾個月，時間就這樣過去了。上次跟你聊過你的祖母說「君子重承諾」，這次想告訴你，你的祖父，也就是我的老爸對我很大的啟發，那就是「為自己做選擇，為自己負責。」我不確定我老爸是不是有刻意要教會我這件事情，但我是確實滿感激有這個機會學到這一回事。

我爸是個個性很硬的人，在我讀小學國中的時候，還是動不動就會發脾氣罵人，打是也打過，但次數寥寥可數，我還記得有一次我小學的時候在外面跟我爸吵架，剛吼完一句話，氣血攻心，我就開始噴鼻血。然後就被一路扛回當時停車的地方。我的老爸呢，是一路靠雙手打拼起來的那個世代，那個世代現在的你們大概只能在電視劇裡面看到，大概就像所有的爸媽會擔心自己的小孩走一條太辛苦的路，我老爸一直希望我做些穩定的工作，例如公務員什麼的。不過叛逆如我，就是不願意被關在公務員那種可怕的事務性死薪水裡，於是就跑出來自己創業了。

高中的時候，我開始參加一些社會運動、參加學生抗議、參加兒童權益協會，去抗爭教育上、體制上、司法上的不公不義。那時候惹得你爺爺各種擔心跟各種不願意，每天在電視上在哪裡哪裡看到我，就跟我說「你不要又去搞那些有的沒有的」。後來我寫了我的第一本書，也就是慕光羽錄的原作，在十七歲的時候出版了，雖然當時我老爸總是嚷嚷不要花時間寫那些東西，專心念書，但還是挺開心的把我的書分送給親朋好友們。後來碩士畢業選擇創業也是，雖然念了好幾年考高普考當公務員念個博士班做學術，但知道我決定要創業之後，也沒說什麼就放手讓我去闖了，後來每天都會關心我的業績、公司的現金、案子有沒有談成，公司還能不能營運下去。

兒子啊，所以我想告訴你，無論這個世界上的任何人，包括我，包括其他你的師長朋友或誰誰誰，告訴你去做什麼好，你最終還是要選擇一條屬於自己的路。因為唯有你自己做出了選擇，你才真正為自己活過。我不曉得有生之年我有了你之後，未來還會不會改變我的想法，當然，有任何人對你說任何話，就像我上一封家書說的，我希望你可以多聽、多思考，最後，什麼事情應該做、什麼事情不應該，都存乎你的心。

我們這個時代啊，被所謂的道德系統綁架了。有的人仗著不違法，什麼為非作歹的事情都做得出來。有的人總是用真善美的枷鎖，告訴你該這樣該那樣該怎樣。面對這些事情，我看得也不算少，最後能告訴你的，還是為自己做出選擇，然後為自己負責。老爸其實是個很不喜歡告訴別人負責任這件事情的人，可是最終，如果你想要勇敢的去做自己，你還是得承擔選擇之後的任何結果。對我這個世代來說，我的顧慮太多了，我希望到你成長的時代，你可以為自己做出更好的選擇，如果我有什麼想法跟你說，希望你可以聽一聽，但你不必隨我而歌，只要做出自己的決定就是了。

又回到老爸我十七歲的那年，這麼說起來，十七歲那年或許也有挺多啟發的。那年我認識了幾個接觸教育的朋友，一路就從讀生物自然科學的道路轉向了沒有發財可能的教育業，還一走就是走到今天寫家書的這一刻，仍然繼續在做著教育。做教育這件事不要說從未容易，甚至可以說是難上加難，即使我現在自認在教育的想法思維上走在這個時代很前端的位置，但我仍然受到太多的阻礙與桎梏。最近讀一位很不錯的創業家季琦創業十年後出版的創始人手記，寫說即使過了十年起落，創業最重要的不是創業的能力與手法，而是關鍵思維，換句話說，仍然存乎一心。

老爸看到其中一段特別有感觸：「不曉得是他們變了還是我變了，所有生動的東西都在消失。我之所以現在很少回去，就是怕這種種現實肆意破壞留存在我童年裡的那些美好的東西」。這一段文字取自一篇名為〈萬物是心的映射〉文章。在沒有利害關係之前，人與人之間可以把酒言歡，談到利益時，確實有八九會經不起挑戰，哪怕甚至有可能是你的家人親戚、你的摯友、你的過往同學老師誰誰誰。如果你遇上了，那會讓你挺心痛的，但是老爸還是要告訴你，你要誠實面對你的心，跟隨你的心走，不要被金錢、名利、太現實的東西給洗去了你最真實的想法。祝好。

2020

別傳：如何避免成為一個油膩青年

嗨，孩子們，這一封嚴格來說不算家書，但是卻是我覺得特別應該在你們成長的時候告訴你們的話。正好因為公司的安排，撰寫了這個主題，我將內容整理成一篇文章，希望你們成為少年少女時，可以看看我寫的內容。這裡面有些地方提到我在公司裡做的事情，如果能讓你們大概知道一下我在做什麼，那也不錯，如果看不懂也沒關係。

人們總說人到中年肚自大，不要笑，是真的，因為代謝變差，即使照著以前的方式吃東西，照著以前的方式運動，肚子自己還是會變大，這是人類生理機制的玩笑，所以中年才會顯得是人類油膩的黃金時期。關於這個事實，有許多人有共同的觀點，例如馮唐，他更積極地說：比成為油膩中年更可怕的是成為油膩青年。太厲害了，他說，中年油膩有些無奈，青年油膩有些可悲。什麼是青年油膩？是裝懂，是著急，是逐利，是不迷戀肉身，是迷戀手機，是不靠譜，是不敢真，是假佛系，是審美差，是不要「臉」。

洋洋灑灑列舉的十大項，這十大項卻正好讓我聯想到 MOI 這兩年的教育設計作品以及永續學習者的願景。如果你沒聽過什麼是教育設計，簡單來說，可以想像成以設計驅動的知識媒合教育提案，換句話說，就是個企劃公司，然後教育設計是這群人做企劃的方法。至於什麼是永續學習者願景，可以想成是追求一種「互動、循環、平衡」的流動，生活風格的流動、世界公民的流動、環境生態的流動。

扯遠了，但也沒有太遠。不要變的油膩，是因為油膩惹人反感，當然，人胖了起來歸胖了起來，但不見得就顯得油膩，但更當然的是，沒胖起來的人，油膩的機率似乎真的少了這麼一些，看樣子，似乎也需要對這些沒胖起來但油膩的異類課徵一些油膩稅。

別不懂裝懂，要做永續的學習者

所以要怎麼避免自己年輕時就成為油膩的人？首先是學習，永續的學習。什麼是裝懂？就是不懂，卻跟別人說自己懂。這叫做沒有輸入卻輸出些垃圾東西。什麼是永續，就是輸入好的東西給自己，內化之後，做出好的東西給別人，永續學習就是這樣，『好的輸入』、『好的內化』、『好的輸出』，缺一個不可，所以想要避免油膩，你得先學會找個好東西，好好學，再好好的創造出作品，這麼說來，教育設計就是這樣的一個好東西呢！

成名別趁早，首先要把自己做好

著急的人只記得成名趁早，卻不記得亢龍有悔、棒打出頭鳥。對時間的觀念往往只停留在做好「時間管理」卻永遠做不好，更不知道時間的態度、價值還有知識。我在開發時間顧問系統（Time-based Advisory System）時，最反感的個案就是那些覺得自己時間管理的不夠好但好像也沒必要管理得多好卻又來看看能不能管理的更好的人。

逐利是人性，但不是完整的人性

馮唐說的第三個油膩理由是逐利，尤其是年輕的時候就覺得一切以錢為標準，聞見銅臭不聞花香。我倒覺得這是人性的必然，但「只看錢」做事的方式，就值得一個問號。二十一世紀的第一批千禧世代正在剛滿成年之際要進入社會，他們又被稱作是數位原住民世代，是一批自出生以來便圍繞在數位資訊科技下的居民。錢沒有不好，錢非常重要，可是正如《大學》所言：生財有大道。只看著錢走不是一種過錯，卻一定會錯過。

要迷戀肉身，真真正正面對青春

什麼叫做不迷戀肉身？就是在講某些人，尤其是我們華人，不好好的珍惜自己的身體，不好好的談場戀愛，不好好的把握青春的激情。根深蒂固的其中一個心魔大概是：不自信。我不相信純友誼，如果純友誼可以相信，也可以說全世界的人與人之間都是純友誼，王爾德也是這麼認為的。我在美國接受指導的心理學導師介紹過我很多個案，後來接的案子感情問題也是大宗，最後把這樣的心得盤整盤整，愛情陰謀論微社群就這樣誕生了，談愛、談性、談感情，開門見山地好好想想，人與人之間，究竟是什麼關係。

別迷戀手機，人類才會更有智慧

剛剛說到不迷戀肉身，又說到千禧世代也是數位原住民，還說到充滿著急的速食文化，這些大概都跟手機有這麼點關係。什麼東西都可以用手機替代：牽不到的手、談不了的戀愛、買不到的夢、學不來的知識，都比不上找不到手機來的嚴重，越來越多人靠數位網路賺錢，越來越多人在數位網路花錢，越來越多人牽引數位世界的輿論氛圍，越來越多人成為數位世界的綿羊。MOI 在 2018 年提出萬學之子的概念時便特別提到『資訊素養』的重要性，我們現在知道的是，資訊的危險性跟沒有拴住的野生比特犬一樣危險，恩，或許後者還是危險一點點。

油膩的黃金時期是中年，但越來越多的人青年油膩，這樣的油膩比起顯而易見的肚皮更難去除（這時又有不少體態油膩的人會說，其實沒有什麼比肚皮更難去除），也不是抽脂手術可以拿得掉的，某種程度上，這也是人類最終發現 A.I.所做不來的事情。

君子重承諾，信任感是高級需求

不靠譜的人不可信，放鴿子比放屁容易，赴約隨時看心情。有些覺得自己排第一，有些人覺得能混就混過去。指責的人會說：哎呀，你這樣以後沒人跟你合作。不靠譜的人還說了：為什麼我要跟別人合作？這樣的問題在MOI也曾經討論過，『合作』的意義是什麼？一個人具備工作上、表現上、生活上的絕對優勢，那他還管其他人那麼多幹什麼。

一個具備絕對優勢的人，確實不太需要跟別人合作，只是賈伯斯也只有每天二十四小時，雖然我不覺得隨便選三個人抵得上一個賈伯斯，但至少他們有七十二小時。除此之外，專家是會無能的，因為所謂的專家最終就是將判斷自動化，不用思考就知道A會變成C，原因是B，這個一定是感冒，那個一定是因為政治問題。然後一旦自動化，他們就會開始變得油膩，通常也有很大一部分的這種人，是從肚皮開始的。

誠實看自己，自己是一生的功課

然後這些人就會不敢真。年輕人愛玩真心話大冒險，或是各種事實上都沒擺脫說心裡話或做大冒險形式的各類活動。玩得可能很開心，但回到現實卻變得很萎縮，對愛的人不說愛，對不爽的事不說不。總覺得事情發生了怪的都不是自己：車子有問題、運氣不好、都是隊友惹的禍；『承認』比鑽石還貴，結婚比『面對』還容易。有一天像劉德華唱的：在我成熟了以後，對鏡子說我不可以後悔，然後明明後悔的時候，卻忘了心裡怎樣去後悔。

有這麼一個現象會加深青年不敢真的油膩感，就是自帶尷尬。面前走來一個好像認識又好像不認識的，該不該打招呼，他看了我一下，但不知道是認出我來還是剛好看到，到底該不該打招呼，天啊。從 2015 年去了趟日本回來，我便習慣在馬路上隨便唱歌，朋友見了就問：你不尷尬啊，我要裝作不認識你。其實會尷尬，一邊走一邊唱，有時走音有時忘詞有時破音的，不過就像巴菲特說的：我專門請老師教我演說，不是教我克服緊張，而是讓我知道，明明會緊張，還是能夠好好完成我的演說。

別誤解佛系，無常不是鴕鳥心理

佛系近幾年來甚囂塵上，好像每個人都立地成佛了，世界頓時成為西方極樂。這麼聽一聽我只怕佛陀都汗顏，那些出門時忘了帶自己靈魂，發生什麼事不如意就說自己其實也沒想要那些，自己無欲無求無所謂。馮唐說：到最後落得床都鄙視你。年紀輕輕的就無所求、沒慾望、不積極，十個這樣的人裡有九個是不自信不敢真，第十個是糊糊腦袋想不通。原本這第十個人苦幹實幹還可以有一些小確幸，跟著這種佛系的社會氛圍就把自己一頭撞死在床鋪上，死前還覺得自己得道升天。

學校很窄，世界很大，生涯路很長。這些年我們也跑了不少所國高中大學，總在說這個世界也許比以往的機會更難取得，但卻也比以往多出了無數的可能性。人類都是動物，在成長的時候會有強大的動能，會有想去追求、想去撒野、想去闖蕩、想去探險的本能，但我們用一種社會文化來限制這樣的本能，也許叫做考試、也許叫做現實、也許叫做保護，但是五十年後，我們都垂垂老矣，到頭來還是會把它們叫做後悔。

最後還是回來提一下不敢真，我覺得這在華人文化裡是個可怕的潛規則，做得太真，人家倒覺得假了。我在教我的助理時會跟他們說一個在這社會生存但又顧慮到這樣潛規則的技巧：誠實，或至少不要說謊。蔡康永說：我不能隨便說別人是對的或錯的，但我至少可以說我覺得對的事情。這是一種誠實，還是自帶尊重的誠實。如果你有興趣，遇到不敢真的場合，先說個『有人會覺得』當起手式，看看對方的反應，再決定要多麼的誠實吧！

審美要修行，懂得感受漫長深度

油膩青年的這篇文章，我倒是想用比較模糊的方式來結尾，像是寫個開放結局的小說，像是大張旗鼓的倡導當個文明人，像是又過了和平的一天，像是給自己油膩找個好藉口。真的開始動筆，卻先想到左宗棠說：「發上等願，結中等緣，享下等福；擇高處立，尋平處住，向寬處行。」古人的文言文，說不定有些人看不懂，不過這也是今天的主題：審美差，比如對文字，一點感覺都沒有。

我記得第一次在聊青年油膩這個主題的時候，聽到的人都覺得挺新鮮有趣的。結果講到第三個油膩時，我一不小心說在以前職場上分析出來的成功學，聽眾們瞬間油膩地追問：先不管油膩了，來談談怎麼成功吧！我看苗頭不對，趕快找個空檔就溜了，我認為成功學是一個威士忌的問題，而去油膩呢，頂多是需要一杯好茶。再用一個教育設計師的觀點，做最後一泡。

茶來了，請品茶。

我觀察到市面上有一群人，大多數挺年輕的，他們憂國憂民，擔心國家大事，積極參與政治，在社群媒體上表達自己的立場。他們連署，他們罷免，他們遊行，他們一次，又一次，再一次，為世代發出聲音。一位來自廣東的朋友說：『你看，台灣的年輕人挺不油膩的啊，挺真！』我說：『挺單薄的真。』他說：『啥意思？』我說：『我當初也是搞學運的，也覺得自己真！到頭來，以為改變了國家大事，事實上連生活小事都沒打理好，以為在群眾裡大聲疾呼是正義，但離開群眾的時候還不是不靠譜的假佛系。』

任何一個人都是動物，那就擺脫不了愛恨、情慾、渴望、動能。所以我們會大聲疾呼，會血氣方剛，會路見不平，會拔刀互砍。當看似真實的年輕人們，大聲揮舞著正義的旗幟，喊著世代的口號，宣揚著新世界的意識形態，偶爾你有意無意質問了那樣的正義有多紮實，口號有多少證據，意識形態能帶來哪些幸福，回答得出來的人竟是少數，回答不出來時，你還會被群起圍攻，起底，「就是這個人，叛徒、垃圾、廢物、保守、你自己去試試看啊！」。什麼時候提出疑問與保守這麼值得攻擊，畢竟，同一批人也先是提出疑問後站定立場不容質疑的新保守派，挺諷刺的。

喝口茶，休息一下。

正確的要「臉」，保持健康體態面容

於是這就談到第十種青年油膩：不要「臉」。別誤會，「不要臉」是成功的要素之一，但不要「臉」是最輕易油膩的方式之一。不要「臉」分兩種：一種是可以不洗臉不刷牙但是要抓頭髮抓很久的那種不保養的人；一種是臉面時常堆著國家大事愁眉不展彷彿綠油精一直抹在臉上似的（當然啦，綠油精的話那表情也是挺精彩的）。這兩者都有一個共通特徵，相由心生。太濃妝豔抹跟太不保養的臉面都是面具，太煩憂國恨家愁的臉面則比面具還要死寂。二十年後，你若成為中年，不關心家國、或是太計較保養，那是中年油膩，可是青年的你，若不保養、太關心家國，致使一個青春年華的少男少女不去探險、追求慾望、自由揮灑，那就青年油膩了。

「總之，你是說那些大聲喊話的人油膩就是了？」不不不，大聲喊話並不是油膩，會大聲嚷嚷雖然日後看起來蠢，但那就是人的本能，雖然有時候深度不足，但那也是必經過程，你不應該阻止任何一個人有大聲嚷嚷的權利，即使是很膚淺跟愚蠢的話語。在這一群人裡面，油膩的根本問題是審美差，是你只允許自己大聲講話。什麼是審美？就是看待美的觀點，什麼是美？因人而異。但你打開數位平台電視節目，那些被叫做帥哥美女的幾乎都是同一個模板刻出來的，隨著時代演進，每一個流量明星長的都越來越像，那到底因人而異在哪裡？古代環肥燕瘦，那是對外在美有不同的欣賞標準，現代只有一堆市場產品跟整形診所告訴你如何在幾個月內從環肥變成燕瘦，以前擔心撞衫，以後要擔心撞臉。

另一個層面上的審美也是，封建威權皇朝曾經是諸子百家爭鳴，互相辯論，互相補充，互相學習，都還可以是朋友，孔子問禮老聃就是非常典型的跨論述跨立場的插曲。不過現在社群媒體上，更多的是你不認同我就請走開，我不認同你就黑名單，反正我也沒辦法跟你溝通，這是意識形態上的審美差，最終變成不認同的人是另一個物種，他她祂它牠的語言反正聽不懂也不想聽。這讓我想起第一本書（居然已經是八年前了），把當時朋友間的背叛、學校內的爭議、參與的社會學運都誠實地寫了出來，誠實地為自己的每篇文章每種情緒撰寫成詩。當然從現在的角度來看，那是一種很單薄的真。所以後來寫書，就像蔡康永說的，我不再輕易說別人的對錯，只說我認為對的事情，而且還會備註，也沒有強迫別人也覺得對。

茶涼了，再沖一泡。

通篇提了十個青年油膩的項目，其實也不是自己可以想來的，那得先多虧了馮唐走在前面，他談的是中國十四萬萬人的巨大油膩，而我其實只是輕輕刮一下兩千快要四百萬人的薄薄一層油滴。既然題目叫做如何避免成為一個油膩青年，我就「不要臉」的來提一下我是如何看待自己，作為一個執行設計長，又如何以教育設計的觀點看待 MOI 的願景，雖然說穿了，早就在這篇文章的最前面講過了，左宗棠說：「發上等願，結中等緣，享下等福；擇高處立，尋平處住，向寬處行。」

發上等願，尋找目標與願景的時候，要宏大遠觀、要心有所向。就像教育設計以終為始的設計歷程，就像秉持為了邁向更好的永續學習社會的核心理念，就像我希望有一天 MOI 的旗幟會掛在 UNESCO 裡面。結中等緣，人來人往都是緣分，不要自命清高不與你看不起的人為伍，不要妄自菲薄覺得誰誰誰不是你可以來往的，人來人往，只是日常，就像我們認同商業與教育可以並存，想要串連起每一種教育新創的可能；享下等福，不用奢求太多，隨遇而安，能吃飽穿暖是福、能與家人日常相聚是福、能平安健康是福，每次想到這點，我總是想起以前的一位兄弟，他說：縮小自我，放大團隊，我覺得大概就是，自己享福少點，世界就因你而享福多了一些。這三句話，是我在創辦 MOI 的時候，反覆反覆反覆的要求。

擇高處立，找尋立場時要站得高，看得遠，才能看到面前的局勢，不會身陷其中，不可自拔；尋平處住，日常生活要穩定踏實，要近煙火人間，要與每一個人共處一世；向寬處行，人來人往留有餘地，凡事不要拘泥在一條獨木橋，天下之大，別把自己往窄處擠，凡事往寬處前進。這三句話，是我對我自己生活的期許與要求。咦？那這到底跟油膩有什麼關係？

發上等願、擇高處立，是不著急，是心有所向，不會因為眼前的事物迷失；有所向，自然就心中有譜，不用裝懂，也不會成為假佛系。結中等緣、尋平處住，是跟每一個日常生活裡的人連在一起，就會接地氣，有煙火味，能夠踏踏實實地做自己，也不會變成審美差或不要「臉」的人。享下等福、向寬處行，是不需要盲目逐利、斤斤計較，迷戀青春該迷戀的肉身，不迷戀使人失去活味的手機，縮小自我，世界就龐大了起來。

最後，如果你沒有時間咀嚼左宗棠的話語與我的詮釋，至少你可以去川菜店點個左宗棠雞，算是幫我表示一下我對左宗棠的敬意。那麼，小弟論油膩，就在這裡暫告一個段落，但願我們都能溫柔而善良的活著，而不失去一個人的本質。

2020

第六封家書：我在結束時開始

嗨，孩子。最後一本慕光羽錄硬生生的從 2020 年七月展延到今天，於是就可以收錄這一封家書。寫這封家書的時候有些動搖應該寫些甚麼，因為二十六歲的這一年有許多事情正在轉變，卻都尚未告一個段落，所以也不知道該從何開始書寫起。於是我想從去年啟動《詩趣》這本書時與中杰討論的概念設計原點出發，來與你們說說什麼是『我在結束時開始』，以及我想在這封家書中跟你們說的點點滴滴。

2012 年是多事的一年，就是我十七歲的那年。那一年如你們在之前的家書裡面知道的，我的母親答應我要戒菸、我的爺爺九十大壽的那一年，也是我出版第一本慕光羽錄的那年，也是我第一次擔任樂團團長的一年，也是我帶領學運走進教育圈那一年，也是塗鴉計畫有第一個與第二個學生的那一年。那一年到今年，正好十年，我想把這十年寫進一封家書，如果要將這十年用一句話貫穿，就是這句『我在結束時開始』。

當我們說結束與開始時，我們在說的是什麼？首先，這句話的概念原點來自於一名古老而強大的巫師，他的名字叫做阿不思・博知維・巫服利・布萊恩・鄧不利多。如果你們讀過我這個時代的經典奇幻文學哈利波特，鄧不利多在死後留下了一個金探子線索，線索的原文是「I open at the close.」中文直譯是「我在結束時開啟」。要解釋這句話的前因後果有點複雜，我希望你們會喜歡自己去翻閱那些古書，體驗一下魔法世界的喜怒哀樂。

因為語言的差異，我自己把它延伸成了我在結束時開始，這部分有些呼應我在研發教育設計時所注重的「以終為始」，也是一種帶有循環與永續概念的思考，想在這本書放入這個概念，是因為這本書紀錄了慕光羽錄的十年軌跡，既是一種結束，也是一種開始。許多人會引用這樣一句話來鼓勵生活遇到困窘的人：上帝關了一扇門，也會為你開另一扇窗。我並不相信這句話，我相信只有自己才能在一扇門被關上之後，找到另外一個人生的方向（或是再把同一扇門打開也是一種方法）。

我在結束時開始，是時間上的永續，也是空間上的永續。時間上的結束與開始，是一個階段之間的過渡或斷層，是高中成為大學的暑假，是從孤獨到自在的變化，也是過去與未來的經驗想像。空間上的結束與開始，是我們從一個地方到達另外一個地方的銜接與縫隙，像是捷運列車與月台之間，是城市與鄉鎮之間的模糊漸層，是一個人與另外一個人之間的心牆與連結。總而言之，每當我們認為任何人事物告一個段落，其實有意無意也是另外一種型態的意義開始。

這十年間我做了很多嘗試，有一些持續十年的習慣、有新的開始、有暫告段落的句點，有一些人十年都在，有些人來來去去的過客。我不斷思考應該透過什麼樣的方式來勾勒這十年的一些縮影。思來想去，又翻閱了過去幾年寫過的家書，發現已經在家書裡介紹過好些家裡人，不如這次就來介紹在這個世界上影響我的一些模範與榜樣。不過需要先說的是，模範與榜樣終究是一個參考的模板，別忘記我說的：自己是一輩子的。

早在 2012 年之前，我就開始接觸心理學，最一開始是向美國的犯罪心理側寫分析師學習，後來又接連參與加拿大與澳洲的不同訓練，讓我持續維持對心理學熱忱至今的是我的側寫分析老師，她告訴我說：這個世界上有許多事情並不是大家樂意去做的，可是那些大家不樂意做的事情，很多終究是得要有人去完成的。因為這句話，這十年也促成我嘗試許多與眾不同與標新立異的人生探詢，以及後來那種格格不入的靈魂與個性。

真正展開這十年追尋的震撼，來自於賈伯斯（Steve Jobs）的啟發，他是促成智慧時代與i世代的關鍵推手，也是一個人生自始至終都是夢想實現家的創業者，孩子們，如果你們有一些被其他人說不切實際的夢想，我希望你們心中也可以想起賈伯斯，因為不切實際的夢想才有實現的價值，因為我們都是為了改變世界而來到這個世界的，最終，我們都要在宇宙中留下屬於我們的印記。因為這一段話，因為這一個人，促成了第一本慕光羽錄誕生，促成了塗鴉計畫，促成了我的創業項目，順帶一提，MOI Education 事實上與賈伯斯成立蘋果（Apple）的願景是一樣的，都是為了追求更好的世界而誕生，一個透過研發科技，而我們透過教育設計。關於賈伯斯的故事與啟發值得我寫另外幾本書來闡述，但你們無須如我一般鍾愛賈伯斯，只要你們的生命中也有值得你們學習的目標與典範，無論他是否有名或有錢，而是他是否有讓你想要變得更好的啟發或意義。

提到創業，後來這十年間又有許多成為我的學習典範的對象，例如日本蔦屋書店（TSUTAYA）的創辦人增田宗昭，他曾經讓自家集團上市，後來因為覺得集團營運的方向被只想要獲利的股東影響，所以向日本政府大額貸款後買回自家集團，讓集團下市，脫離股東制度的掌控。他說，未來的所有公司都是設計師團隊，我們都在提出不同的企劃，將尚未被理解的概念創作成現實。所以我認為未來你們都會成為設計師與創業者，那並不代表你們需要開公司，但是你們要創作符合自己想像概念的事物，把你們的價值呈現給這個世界，無論是一首歌、一首詩、一本書或是一個產品或服務，只要能將價值創造出來交付給其他人，我們就擁有了一個專屬於我們存在的意義。

說到歌曲與音樂，也有一個對我有非常多啟發的音樂人麥可傑克森（Michael Jackson），流行樂之王，他的傳說與故事遠多於我們對這個人的真實理解，他對音樂與表演的熱愛，也啟發了我開始嘗試樂團與音樂創作的旅程。後來這一路的旅程，我認識了太多優秀且偉大的音樂人，更因為我對音樂的熱愛，以及傑克森、賈伯斯、我的心理學老師的啟發，後來我才會接下塗鴉音樂的這個計畫，也才有緣分遇上優秀的音樂後進，親自體驗長江後浪推前浪的過程，感受每一個時代過去，我們都只是其中一個印記，但我們可以選擇，是浮沉的漂流木，抑或是推動時代前進的大旗。

說到一首詩與一本書，就不得不談談文學，在文學上啟發我的人實在太多了，例如太宰治、例如海明威、例如海子、例如卡繆。不過有一位同時是文學家的創業者，或許適合在這個時候來分享一下，這個人是中國作家馮唐。馮唐既是作家，也是創業者，更是位優秀的管理人與領導者。2018 年以後，我偶然讀到馮唐的作品，一讀再讀，把後來幾乎每一本著作都啃過幾次。他寫詩、寫文、寫小說，但他也是個紮實的創業人，一步一腳印創造自己的商業世界。或許某個層面上我還挺嚮往他的生活，在我寫這封家書的期間，我正好也在閱讀他 2021 年的新作，整理了他在麥肯錫學習的西方管理學與東方哲學，總結而言就是「知己、知人、知世、知智慧」，而無論你們看過或沒看過、聽過或沒聽過老爸我說的每一本書每一個作者，我希望你們養成閱讀的習慣，尤其偶爾仍然要讀一些紙本書，翻閱書頁與自我對話的過程，很多時候是科技所無法取代的。

總而言之，我在結束時開始，說的其實是人生漫長的道路上，其實多數時候既無開始又無結束，或是既是開始又是結束。人生不是單純的搭上捷運從起點站到終點站，也不是一個時鐘開始走，某一個電池用完而暫停。人生是來來回回在很多不同的站點徘徊，也是在時間裡體驗時快時慢的心理意識。如果反思這十年有什麼特別的啟發，我想告訴你們，也提醒我自己的是：人生其實大可不必用十年、三十年、一年、五年來衡量自己的不同階段，如果一生只以一生作為最主要的衡量尺度，許多一年兩年三年十年的起承轉合，就沒有那麼值得我們斤斤計較了。祝好。

2021

掌聲：是觀眾成就了作品啊

如果沒有觀眾，或許還是會有《慕光羽錄》，但因為有了觀眾，成就這四本書獨一無二的共同創作，每一位觀眾都是本書的作者，這是本書與我莫大的光榮。

特別感謝 Amie 在一邊糾結「你的序真的很好寫又很難寫」的過程中，深刻而貼切的寫出我覺得超越人類溝通的文學交流。特別感謝本書概念設計師鄭中杰為《詩趣》一書實現大感無感的設計理念，從第一本書開始就是推進慕羽向前的重要推手（雖然大有感版就此沒入無盡的深淵了）。特別感謝周瑞勤與呂韋恪，兩位助理不僅在本書上提供許多協助，也讓我的生活充滿各式各樣的趣味與啟發。本書定名為《詩趣》，也是瑞勤提供的寶貴建議。特別感謝本書裡提到的每個人，尤其是抽菸少年與塗鴉種子們，都是使我生命經驗豐富的貴人，不過為了保護你們我就不寫你們的名字了；當然，還要感謝我未來的孩子們，你們也是我生命裡最重要的貴人。

感謝為《慕光羽錄》定名的 Pinna，感謝國高中帶給我無數啟發的郭淳華老師、劉岱珉老師、蕭蓉蓉老師、戴志清老師、施若婕老師、張伊維老師、黃慧茹老師、林秀淑老師、黃瓊慧老師、許靜尹老師、郭耀珠老師；感謝大學為我指導解惑指點迷津的周愚文教授、林子斌教授、林逢祺教授、葉坤靈教授還有許多教授們。

感謝為《慕光羽錄》首作撰文推薦的莊淇銘教授、郭祥瑞教授、撰詩的D；感謝為《詩生活》撰序的陳益興次長、張文謙、趙祐毅與作跋的陳佳恩、王邦立、撰詩的N，以及特別指導的張曉風老師；感謝為《詩泛》作序的李耕佑、鄭中杰、呂韋恪。

感謝前面還沒來得及提到的朋友：小響、紹恩、皓生、晨羲、少谷、鴻儒、亮豪、唯森、宇弘、蘇柏、佳平、文慈、韋恩、得佐、易蓁、楷、淳佑、晉呈、尼克、敬嚴、老廣等等等，實在太多族繁不及備載。感謝帶給我溫暖關心與人生啟發的 Maggie。

特別感謝我的家人，尤其是老爹老媽，你們是我心目中最偉大的榜樣。

尾奏類似於序

通常尾聲都是來得很快的。哪怕是一本書，是一段路，是一首詩，或是一曲歐洲和弦與軍旅異想。在開始之前總是遙不可及且不可想像，卻往往在開始之後莫名其妙就來到尾聲，生命之道與時間長河，也正以這樣的步伐反覆踩踏著不同的拍子，陪伴在每一個人在這世界的流浪者之歌中。

如果詩趣組成旋律，不知道你聽到什麼？在我的書寫過程中，詩篇也許是貝斯，承載所有《慕光羽錄》最根本的基調，發出來的聲音卻是輕盈而優美的鋪墊。抽菸的那個少年可能不僅僅是那個少年，而是與他共處的某段生命經驗，那是一把可以搖滾可以爵士的電吉他，時而狂放時而內斂。歐洲是順階和弦，是不可或缺點綴旋律的鍵盤，輕快靈巧的遊走在大自然中，像是一道春天的閃電。軍旅異想作為間奏，也是人生旅程必然的轉捩點，在各個階段突如其來，得在看似不合諧中挖掘和諧的合音。口袋裡零碎音符是一個樂團裡的主唱聲線，詮釋著每一段起承轉合的音樂故事，像是刻意演出卻也是生活日常。插曲是塗鴉種子，是樂曲中磅礡跳動的心臟，也是把控節奏的鼓，在人生的不同階段不至錯踏節拍。最終，五六拍子家書系列是以一種不拘俗套的方式侃侃而談的口白，是人生在一個階段以後，終不可避免的回首感嘆。

《慕光羽錄》自 2011 年開始創作，2021 年迎來系列最終。寫每一本書都感覺還很久很長，十年卻悄無聲息的飛過身邊，我在最後寫下這篇尾奏，尾奏也類似於序，也是前奏，也是第一本《慕光羽錄》，也許也是下一本仍未可知的作品，執筆至此，我在結束時開始。

慕羽

國家圖書館出版品預行編目資料

慕光羽錄．詩趣／慕羽著.　--初版.--臺中市：
白象文化事業有限公司，2021.6
　　面；　公分.——（吟，詩卷；19）
ISBN 978-986-5488-45-1（平裝）

863.51　　　　　　　　　110006762

吟，詩卷（19）

慕光羽錄．詩趣

作　　者　慕羽
校　　對　慕羽
專案主編　黃麗穎
出版編印　林榮威、陳逸儒、黃麗穎
設計創意　張禮南、何佳諠
經銷推廣　李莉吟、莊博亞、劉育姍
經紀企劃　張輝潭、徐錦淳、洪怡欣、黃姿虹
營運管理　林金郎、曾千熏
發 行 人　張輝潭
出版發行　白象文化事業有限公司
　　　　　412台中市大里區科技路1號8樓之2（台中軟體園區）
　　　　　出版專線：（04）2496-5995　　傳真：（04）2496-9901
　　　　　401台中市東區和平街228巷44號（經銷部）
　　　　　購書專線：（04）2220-8589　　傳真：（04）2220-8505
印　　刷　基盛印刷工場
初版一刷　2021 年 6 月
定　　價　300 元